傘《かさ》のさし方《かた》がわからない

岸田《きしだ》奈美《なみ》

小学館

傘のさし方がわからない

はじめに

その日は朝から雨だった。すんごい雨だった。

どこのもんともわからないタオルケットが、ビショビショのグシュグシュで風に舞っているのが窓から見える。いまからわたしもあれになるのかと思うと、外へ出たくないにもほどがある。

ハメハメハ大王が治める国ならば雨が降ったらお休みだが、悲しいことにまだハメハメハ大王は実権をにぎっていないので、わたしは仕事に行かなければならない。

「行くで」

だらだらと身支度をして、ぎりぎりまでねばって、雨がそう簡単に止《や》まないことを悟ったあと、母をふり返った。わたしと同じ表情をしていた。

親子でとあるラジオ番組からお招きを受けたので、母も行かなければならない。濡《ぬ》れなばもろとも。

玄関を出て、エレベーターで降り、エントランスから野ざらしの駐車場へ向かうと、わたしだけが傘をさす。母はいつものように真っ赤なレインコートを着ていた。はじめて見たとき「赤いレインコートで、赤い車いすって、火の車やん」とうまくないことをいって笑ったら「家計も火の車やで」と母が笑い返したので、それが事実と知ると笑いが立ち消えたやつだ。

駐車場まであと半分というところまで来て、ふと立ち止まる。

「あれっ。スマホもってきたっけ……」

ポケットにはない。リュックの中かもと思うが、片手でうまくフタが開けられない。ちょっともってて、と母に傘を預けた。少し濡《ぬ》れてしまうが、仕方ない。

「あったわ」

リュックの底でスマホの手触りを確認し、傘を受け取ろうと、母の方を見る。

母は、忽然《こつぜん》と姿を消していた。

頭のなかで、録画したＶＨＳテープが擦り切れるほど聞いた、『ＴＲＩＣＫ《トリック》』

のオープニングテーマが鳴る。テレレンレ、レンレ、レンレ、レンレ、レンレ、テレレレン……。

「あかん、あかん、あかんて」

母の声がした。左を見る。

両手でもった傘に引っ張られるようにして、母の車いすが勝手に動いていた。強い雨風を傘の内側でまともに受け、そこそこのスピードで走り去っていくさまはまるでウインドサーフィンのようだった。

「あかんて、あかんて」

必死で追いかけ、車いすのハンドルをつかみ、事なきを得た。ふたりとも一瞬で、ビショビショのグシュグシュになってしまった。

「傘さすんがそんなに下手なこと、ある？」

「傘のさし方がわからへんねんてば」

傘のさし方がわからない大人なんて、いるだろうか。てっきり母の冗談だと思って、その場はオチに笑っただけで、ふたりでさっさと車に乗り込んだ。ラジオ局に到着したころには、雨はすっかり止んでいた。

傘のさし方がわからない。

どうにもこの嘆きには妙なインパクトがあって、ラジオでぺらぺらとしゃべっている間も、何度か頭の中をよぎった。

帰りの車内で、母にたずね直した。

すると母は、こういった。

「車いすに乗るようになってから、片手でなにかもちながら歩くっていうのが下手やねん。傘なんてもったら、よろけてしまう」

人は、一度自転車の乗り方を覚えると、10数年乗らなかったとしても、そうそう忘れない。泳ぎもそうだ。ペダルをふんだとき、水をかいたとき、どうやって重心を移動するかというバランス感覚は、それくらい身体にじっくり染みつく。

母は歩けなくなったせいで、身体のバランス感覚がすべて崩れてしまった。おへそから下の感覚を失う前と、後では、まったく別の身体みたいだという。

おもむろに、そっと傘を開き、さしてみる。

どっちから風が吹いているか。傾けてみるか。肩に芯棒をのっけてみるか。意外とこまかなバランスをとりながら、傘をさしていることがわかった。

そんなわたしを見て、母はいった。

「まあ、わからんくても別にええねん」

「そうなん」

「レインコートあるし、いざとなったらこれもできるし」

母が両手で傘をしっかりともつ。わたしがその傘の中に入るようにして、腰をかがめながら車いすを後ろから押す。なるほど。

ただ、明らかに傘は上下に人が並ぶようにはつくられていなくて、母のくつと、わたしのリュックサックがビショビショのグシュグシュになった。

「かわいい傘が売ってるの見つけたら、たまにさびしくなるけど。もう慣れたから、ええねん」

わたしはなにもいわなかったが、母の片手を見ながら、思い出していた。

まだ幼稚園に通っていたときのことである。甘えたれのアカンタレだったわたしは、母が障害のある弟ばかりを気にかけていたことに腹を立て、自分が道で転んだのをきっかけに泣いてうったえた。おどろいた母は「ごめんね」と何度もわたしに謝り、手をつないで歩いてくれた。次の日も、その次の日も。弟のことがどれだけ大変であっても、手をつないでくれた。

あのぬくもりがあったから、いまのわたしがある。

いまの母は、誰かと手をつないで歩けない。

それも慣れたんだろう。たまにさびしく思いながらも、きっともう慣れたんだろう。わたしは大人になってからもよそ見ばっかりでよくスッ転んでいるけれど。

できていたことが、できなくなる悲しさと。できなくなったから、できるようになったうれしさと。母とわたしが得たであろうものに、思いを馳《は》せる。


前作『家族だから愛したんじゃなくて、愛したのが家族だった』では、題名の通り、わたしはわたしの家族や、目の前で見たままの愛について書くことが多かった。

だけど、物事を正面から見たままでは、気づけないこともある。側面や背面に、誰かの優しさや悲しさが隠れていて、それに気づけるかどうかで、目の前に広がる物語の姿形が変わる。思わぬ偶然が訪れたり、気が遠くなるような時間が経《た》ったりしたせいで、わたしは幸運にも、誰かから何かを受け取ることができた。

コロナ禍という世界中がえらいことになっているときにたぐり寄せた幸運の一片を、あなたにおすそわけするのが使命だと思いこみ、なんとかかんとか書き連ねてきたのが今作だ。

「傘のさし方が、わからない」

これまで何気なく見ていた景色が、ギュッと愛《いと》しくなるひと言を、見逃さないように。

もくじ

これからのわたしに宛てる話　205

えらいことになる話

全財産を使って外車を買った

全財産の内訳は、大学生のときからベンチャー企業で10年間働いて、したたり落ちるスズメの涙をためこんだお金と。こんなもん、もう一生書けへんわと思うくらいの熱量を打ちこんで書いた本『家族だから愛したんじゃなくて、愛したのが家族だった』の印税だ。

それらが一瞬にして、なくなった。

外車を買ったからだ。

運転免許もないのに。

「調子乗ってんなよ、おまえ」と思った人も、「どうせここから〝わたしのマネをすれば誰でも秒速で車が買えるんですよ〟ってやばいビジネスに誘うんだろ」と思った人も、一旦、聞いてほしい。わたしはわたしなりに、誇らしい使い方をしたのだ。

そもそも、誰のために外車を買ったかというと。

うちの母・岸田ひろ実のためだ。

13年前に大動脈解離《だいどうみゃくかいり》というやばい病気にかかり、『医龍《いりゅう》』みたいなやばい手術の後遺症で、下半身麻痺《まひ》になった。足がまったく動かないこと以外は、二度見されるほど元気だ。しかし、そんな母にも「歩けないならもう死にたい」と、病室のベッドでひたすら泣いている日々があった。わたしもさめざめ泣いた。

そんな母を元気にさせたのが「手だけで運転できる車」の存在だった。はじめて病院の作業療法士さんからその存在を明かされたときは、そんな車があったんかいな、とふたりで顔を見あわせた。母は永遠《とわ》のように長いローンを組んで、ホンダの赤いフィットを手に入れた。ブレーキとアクセルを、足でふむんじゃなく、手で操作できるように改造してもらって。

車いすをひとりでもち上げ、後部座席に放りこむというゴリラのような所業を1か月練習したのち、母はどこでもビュンビュンと車を走らせるようになった。

だれかに手伝ってもらってばかりの母が、わたしや弟を学校や職場へ車で送ってくれたとき「ようやくわたしも、家族の役に立てた」とうれしそうだった。

たわむれに、ドヤ顔で運転する母の映像を撮ってSNSにアップロードしてみたところ、なぜかまたたく間に中国やタイやミャンマーで話題になった。中国では数年前に障害者が車の教習所に通えるようになったばかりだし、バリアフリーの整備が日本より50年以上おくれているといわれているミャンマーでは障害者が車を運転するなんてまだ夢の夢という状況。母の動画にそえられた見慣れぬ言語を訳してみると「こんな夢のような話があるなんて」「いつか日本に行って、車を運転してみたい」と、感動している障害者の人々のコメントであふれていた。

さて。

車というのは、10年も乗っていれば、どこかしらガタが出る。

「乗りかえる車をそろそろ探さんとね」

母がいった。

「またフィットにする？」

「どうせやったら一生に一度くらい、乗りたい車に乗りたいなあ」

乗りたい車に、乗りたい。車いすに乗っている母と、知的障害のある弟がいるわが家は、他の家族より「選択肢の少ない生活」をしてきたように思う。行けるお店も、通える学校も、着られる服も、選択肢が少ない。

車もそうだ。

フルタイムで働けない母、福祉の作業所に通っていて賃金が昼食費を下まわっている弟、年金生活の祖母、そしてわたしで構成される岸田家は決して裕福ではない。改造ができ、駐車場におさまり、車いすを積みこめ、乗り移りやすい高さを兼ね備えた、ただでさえ少ない車種たちのなかから、一番安い車を選んできた。乗りたい車ではなく、乗れる車を。

「乗りたい車といえば、あれしかないねえ」

わたしと母の脳裏に浮かぶのは、同じ車だった。死んだ父・岸田浩二がこよなく愛した、ボルボだ。

ここに一枚の写真がある。モスグリーンのボルボ940のとなりに、ドヤ顔の父と、寄りそうように母がまだ自分の足で立っている。20数年前の風景だ。ボルボは父のすべてだった。古いアパートの歴史や郷愁《きょうしゅう》をうまく残しながら、リノベーションをするのが父の誇り高き仕事だった。ドイツや北欧の建築にほれこんでいた。ボルボも、北欧生まれの外車だ。

阪神・淡路大震災で、みんなの家や車がバッキバキにこわれていくのを見て「いざというときも、クソ頑丈《がんじょう》で、乗っている家族を守れる車を選んだ」と、業界では戦車にたとえられるクソ頑丈《がんじょう》なボルボに全信頼を寄せていた。

フルフラットになるシートに弟とわたしを放りこみ、神戸の田舎町からディズニーランドまで爆走してくれたこともあった。「絶対にいらんて、犬が顔でも出したらかっこつくけど、うち犬おらんし」と母から猛反対されながらも父が別注で取りつけたサンルーフは、やはり一度も開けることがなかったけど。

そんな父は15年前に、心筋梗塞で突然死した。

父の愛がこもったものを、そばに置いておきたかった。人生に迷ったとき、父が愛したものを見つめれば、背中を押されるような気がするから。

しかしわたしたちは、ボルボを手放した。

父が設立した建築会社をたたむための費用。高校受験をひかえたわたし、障害のある弟、専業主婦でアルバイトの働き口しか見つからなかった母の生活費。保険金でなんとか屋根の下で暮らしてはいけるが、余裕なんてない。外車を車検に出し、維持するだけのお金がなかった。ボルボより、優先すべき生活があった。だから手放した。仕方がないことだ。

だけど、ボルボを下取りに送り出すとき。父との大切なつながりすら、お金にかえてしまった気がして、苦しかった。

「いつかまた、ボルボに乗れるようになろうね」

母とわたしは、約束した。

いつか立派な大人になって、お金をかせいで、ボルボを取りもどすことを。

ところが、それからすぐ今度は母が病気でブッたおれたので、正直いってボルボどころではなく、生きているだけで精一杯の日々が続いた。

「それでも生きているうちに、1回は乗れたらいいな」とぼんやり思っていた。宝くじとかうっかり当たらんかな、って。

ボルボV40が、生産中止になったと聞くまでは。

これは大事件である。ボルボには車種がたくさんあるが、車いすの母が運転できるボルボは1種類しかない。人気のSUV型は座席が高く、車いすから乗り移れない。セダン型なら乗れるが、V60とV90は、横幅がデカすぎて、ふつうの駐車場の幅では、車いすを横づけするだけのスペースがとれない。

つまり、岸田家の選択肢は、V40だけ!

そのV40が!

生産……中止……!?!?!?!?!?!

『サザエさん』のエンディングテーマのフォーメーションに限りなく近いフォーメーションで、近場のボルボ屋さんにかけこんだ。メンバーは車いすの母、ノーメイクボッサボサの童顔娘、ダウン症の息子。

　この3人がボロボロのフィットで店に乗りつけ「V40まだありますか」と、食い気味に話すので、最初はディーラーからあんまり相手にされなかった。お茶とか、なかなか出してもらえんかった。この忙しい休日の昼間に、冷やかしはやめてくれと思われていたはず。

　やがて必死のわれわれに気づいたのか、山内さんという店員さんが、親身になって話をしてくれた。

「V40が生産中止って本当ですか!?」

「はい、V40はもう残ってるだけしかなくて。うちはあと1台ですね」

「ほ、本当にもうつくらないんですか?」

「うーん、最近はこの大きさの車があまり売れないので……つくらないと思います。他のメーカーも、続々と中止してますから」

　生きてるうちにいつか、とかいうとる場合やない。もう一生、ボルボに乗れんかもしれんぞ。

「中古屋さんを探せば、まだあるかもしれませんが」

「前に一度、中古屋さんで買おうとしたら、車いすのための改造をするのがすごく大変で。部品の取り寄せとか、工場との連絡とかがうまくいかなくて」

母がしぶい顔を見せた。もちろん、ちゃんとやってくれる中古屋さんもあるはずだが、近所にたまたま信頼できるお店がなかった。

ちらっと、展示されている白いV40の値段を見た。

420万円と書いてあった。

買えんわ。

「V40はもうこの1台限りなので、399万円までお値下げしますよ!」

買え……いや、買えんわ。

貯金をかき集めても、たりない。母は年収や他のしはらいとの兼ね合いで、399万円のローンは組めない。わたしはフリーランスになったばかりで、奨学金の返済もあり、東京での家賃10万円すら保証会社の審査を通らなかった。

終わりやんけ。

なにか、なにかないのか。一攫千金《いっかくせんきん》を狙えないか。石油、温泉、埋蔵金、レアメタル、天然ガス。

「はっ！」

本の印税だ。

9月末に、本を出版したじゃないか。車代全額に満たないが、人生ではじめて手にした、まとまったお金だ。

まだふりこまれてないけど。

「あのう、これからまとまったお金が手に入るんですけど」

わたしは、山内さんに伝えた。

「まとまったお金……？」

「はい。それと、貯金とあわせたら、ギリギリたりそうです」

「えっ、まさか、キャッシュ一括ですか？」

「キャッシュ一括です」

店内の一角が、静かな騒然で満ちた。本当に大丈夫なのか、と母と山内さんに何度も聞き返されたけど、もうあとには引けなかった。

「無理したらあかんって。これからなにがあるかわからんねんから、大切に貯金しといた方が……」

母がおろおろしながらいった。

「くるかわからん非常事態のために置いとくより、いますぐ399万円分、家族が思いっきり楽しめる方がええ！　いままで我慢してきてんから！　お金はまたためる！」

啖呵《たんか》を切ったものの、いまだ手元にお金がないのに、気が大きくなっている一番あぶない人間のパターンである。

わたしが家族からもらった愛や経験をエッセイにして、手に入れた印税だ。それならば、父の愛したボルボを買いもどし（たつもりで新型を買い）、父のかわりに母を思い切り楽しませ、大好きな車で、胸をはって人生を謳歌《おうか》できるほうが。絶対にいい。

ほんまにやばくなっても、どうにかなる。そのためにいま、一生懸命、だれかを喜ばせることだけを考えて仕事をしとる。そのだれかが助けてくれる。たぶん。知らんけど。

こうして、岸田家はボルボを購入する書類にサインしたのだった。ちょっと見ただけのボルボを最速で購入した庶民ではなかろうか。

大喜びする母と弟を横目に、後日。山内さんからこんな連絡があった。

「あのう、岸田さん。お母さまが運転できるように、ボルボを改造する件ですが」

「工場が決まりました？」

「いえ、それが……ボルボの運転席を、障害のある人用に改造するという実績が、国内でほとんどないらしく……工場で断られまして」

えっ。

「ボルボは運転席の配線系統が国産車と違うので、それがネックみたいです」

「うそやろ……」

やっぱり、選択肢が少ない人生なんか。それは仕方ないんか。そう思ったとき、山内さんがいった。

「でも、僕、車いすのお客様と取引させてもらうのが、はじめてなんです。どうしても、岸田さんたちにV40を乗ってもらいたい。どうにかします」

どうにかしますとは、一体。えらいことになってしまった。

しかしその3日後、彼は本当にどうにかしてくれた。

「1社だけ、改造してくれる工場さんが見つかりました！」

なんと、ボルボを縦横無尽に運転してもっていき、わざわざ工場に直談判《じかだんぱん》しに行ってくれたらしい。山内……おまえってやつは……！

「うわあーっ！　ありがとうございます！」

「それで、改造の費用が少し高くなるみたいなんですけど」

「いたしかたなし！」

改造には自治体から補助金が10万円くらいもらえると聞いていた。

「52万円です！」

「ごっ……」

岸田家の全財産口座が、火をふいた。すべて消し炭になることを覚悟したが、ちょうど同時に雑誌へ寄稿していた原稿料が入って7万円残り、命拾いした。それも1週間後には家賃で消し炭になった。

納車の前に、改造を引き受けてくれた「ニッシン自動車工業関西」にて、改造を終えようとするボルボと対面した。

「こちら、お預かりしているボルボです」

ピカピカの真っ白い、わたしたちのボルボV40。ひときわ輝いて見えた。母はうれしさのあまり、両手をあわせて目を閉じ「祈り」のポーズをとりはじめた。

運転席のドアを開ける。ドアと、座席のちょうど間に、たて25センチ、横15センチくらいの折りたたみ式の板が取りつけられている。

たかが板、されど板。この板がないと、母は車いすから乗り移るときに、お尻を落ち着かせる場所がなく、地面へスッテンコロリンしてしまう。つまり終わる。

配線が邪魔で、ふつうは取りつけられないとどこの工場でも断られたこれを、ニッシン自動車工業関西のみなさんがなんとかかんとか取りつけてくれたのだ。

手で操作する、アクセルとブレーキも、ちゃんとある。

「どうぞ、一度乗ってみてください」

母が、車いすを横づけし、慣れない形状に少しとまどいながらも、コツをつかんだらヒョイッと運転席に乗り移る。パワースイッチで座席をたおし、ゴリラみたいに車いすをのせる。

「ああ……」

ハンドルをつかんで、母は泣いた。

浩二、見とるか？

あんたの代わりに、やったったぞ！

みんなが味方してくれてんぞ！

浩二、見とるか？

ボルボ売って、ごめんな？？？！！！！！！

改造を引き受けてくれたニッシン自動車工業関西の山本社長が、またいい人で。

「こういう改造って大変じゃないですか？　車ごとにつくりも違うし」と、何気なく聞いてみたら。

「大変ですよ。家に帰って、ご飯食べてるときも、お風呂に入ってるときも、ずーっと改造のことばっかり考えてます」

「そんなに大変なのに、どうして引き受けてくださったんですか？」

「ぼくも、父親の足が悪くてね。車に乗れるだけで、行動できる範囲もグッと広がるし、本人の楽しみも増えるじゃないですか。だから引き受けました」

大切な人を思ってひねり出した新しい仕事が、また別の、大切なだれかを幸せにしているのだ。すべては、人を思う気持ちから、はじまっている。泣きそうになった。

「一番改造が大変だった車ってなんですか？」

「フェラーリですね。あれは……すごかった……どこに器具つけるかめちゃくちゃむずかしいのに、ちょっとでも傷つけると何千万円だし……こわかったなあ……」

そりゃあ、こわいわ。


改造を引き受けてくれた、ニッシン自動車工業関西のみなさん。

工場を探して走りまわってくれた、ボルボの山内さん。

わたしの本やnote《ノート》を買ってくれたみなさん。

大好きです。

あなたがたのおかげで、ボルボがうちへ来ました。

叶《かな》わなかったかもしれない夢が、叶いました。

いつか、あなたの街を走ります。

父の愛したボルボで。


手に入れて、ようやくわかったことがある。

父は、ボルボがほしかったんじゃなくて。家族を楽しませたかったのだ。

そのためなら、お金なんて、いくら使っても惜しくはなかったのだ。こだわることを、やめなかったのだ。たぶん、ね。

歩いてたら30分で6人から「ケーキ屋知りませんか?」ってたずねられた

これは、あなたのために書いている。

春から大学生や社会人になって、新しい環境にドキドキして。大変なことが起こっている世の中で、将来や収入に不安を感じて。家族や友人のいない都会で、漠然とさびしくなって。

そんなあなたのために、書いている。

ちなみにわたしは、このどれにも当てはまらないが「明日の運転免許試験の練習のために路上教習を受けに行ったら、縦列駐車に20回以上失敗して〝もうカンでいきましょうか〟と教官からあきらめられ、ヘトヘトに疲れきり、自由が丘の裏路地の階段でうなだれていた」せいか、そんなあなたのようなひとりに見えてしまったらしい。

「すみません。いまから友だちの集まりっていうか、ちょっとしたホームパーティがあるんですけど、バースデーケーキ買えるところ探してるんです？？？！　このあたりでおいしいケーキ屋さん知りませんか？」

顔をあげたら、きれいなお姉さんがふたり立っていた。知らん人にかける第一声としては情報量が多すぎるし、なんで他にも人がおるのにわたしにだけたずねてくるねん、と驚愕《きょうがく》した。

「ですー！」ではなくて「です？？？！」なところに、このお姉さんたちのテンションがどんなもんだったか、想像してほしい。

仕事以外で他人と話すのが本当に苦手なので「えっ、あっ、ふえっ」みたいな声しか出なかった。でもお姉さんたちは、満面の笑みでニッコニコしてる。

自由が丘のケーキ屋さんなんぞ、まったくくわしくないけど、これはなんか答えたらなアカンぞと思って、頭をフル回転させた。

「えーと、ア・ラ・カンパーニュっていうタルト屋さんがあって、けっこうたくさんあるチェーン店だから、自由が丘って感じはないかもしれないけど、実は本店がわたしの地元である神戸で、だからわたしの血はアラカンの3種のベリーの色っていうか、あっ、地元ではアラカンって略すんですけど、ウヘヘッデュワ」

これをみなさんの想像の3倍くらいの速さで、自信なさげにまくしたてた。がんばった。

「神戸なんですかあ！　東京にはいつから？」

ケーキではなく、わたしの出身地にお姉さんは食いついた。

「に、2年前から」

「ふーん！　就職ですか？」

「いえ」

「じゃあ転勤かなあ？　どんな仕事なんですか？」

右から左から、お姉さんが質問してくる。

そんなこと、ある？

道や店をたずねたあと、そんな会話をはずませてくること、ある？　なんやねん、めっちゃこわい。いままで、因縁《いんねん》つけられるとか、ナンパでしつこく絡まれるとかはこわいと思ったことあるけど。きれいなお姉さんにフレンドリーに話しかけられるの、別の方向性でこわい。フレンドリーの出どころがわからんから、こわい。

「仕事は……文章を書く、なんか、そういうのをフリーでやってます」

「ふうん。楽しいですか？」

「楽しいです」

このままなんか売りつけられるんかな、と思ってリュックをギュッとかかえたけど、そのままお姉さんたちは「ありがとうございましたー」といって、去っていった。わたしは自分の社交性のなさと、器の小ささを恥じた。お姉さんたちはただのコミュ力が爆竹１００連発びっくり箱なだけの、良い人たちだった。

そうだそうだ、ファミリーマートでお金をおろさにゃならん。ふたたび歩き出したわたしは、また呼び止められた。

「あのー、すみません」

スーツを着た男性と女性だった。丸の内！　広告代理店！　営業部エース！　スタイリッシュ！　プレゼン勝利！　圧倒的成長！　って感じの。

「これから友だちのホームパーティに行くから、バースデーケーキを探してるんです。おいしいケーキ屋さん知りませんか？」

聞き覚えがありすぎる。さっきのお姉さんたちに声かけられてから、まだ5分も経ってないのに。みんなそんなに、ケーキ屋さんにうといものなのか。もしかして自由が丘、ケーキ屋さんに関する情報規制でもされてんのか。

「さっき同じこと聞かれたんですけど、同じパーティに行く人ですかね？」

「えっ。ちがいますよ。おもしろいですね」

まったくおもしろくはない。

この時点でわたしは、ドッキリ系のYouTuber《ユーチューバー》か、大学生の社会実験か、変な会社のコミュニケーション研修のどれかだと目星をつけていた。

わたしは答える。

「ア・ラ・カンパーニュっていうタルト屋さんがあって（略）」

1日に2度もアラカンと地元の話をするとは思わなかった。

「神戸なんですねー！　東京にはいつから？」

そしてまた渾身《こんしん》の説明をスルーされてしまう。少しくらいタルトに興味をもてよ。

あきらかにこれはおかしいと感じたので、今度は職業を明かさないようにした。

「会社員ですか？」

「うん、まあ、そんなかんじです」

そしたら、オフィスカジュアル女性が横から急にカットインしてきた。

「わたしたちも会社員です！　知り合いが飲食店やってるんですけど、営業自粛で売上が落ちてて、なんとかしてあげたいんです！　これもなにかの縁だから、一緒にご飯行きません？」

「行きません」

びっくりするふたり。こっちがびっくりだわ。

「絶対さっきの人たちと関係ありますよね？　これなんなんですか？　テレビとかの企画？　研修？」

聞いてみたら、明らかにスーツ男性が苦笑いして。オフィスカジュアル女性は、急にテンション下がって会話から引っこんでいった。落差が激しすぎるやろ、FUJIYAMA《フジヤマ》か。

「ちがいますよ」

「じゃあなんなんですか」

「ねえ、なんなんでしょうかね」

「絶対に変でしょ、だってまったく同じ会話さっきもしましたよ」

「へえー、そうなんですか！　おもしろいですね」

スーツ男性はずっとうすら笑いを浮かべている。煙《けむ》に巻くような返事。なめに立って、目も合わなくなる。「じゃあ」といって、そそくさと逃げていった。

猛烈に怒りがわいてきた。

人がヘットヘトの頭をひねって、ないコミュニケーション能力をふりしぼって、がんばってタルトと地元の話をしたのに、なんやねんその態度は。

基本的に好意の見返りは求めないようにしているのだけど、このときは疲れと混乱で、わたしはめちゃくちゃに怒っていた。


めちゃくちゃに怒りながら自由が丘駅に向かう途中、男性ふたり組から声をかけられた。

「ちょっと聞きたいんですけど?! このへんでおいしいケーキ屋さん、知りませんか?」

ひざからくずれ落ちそうになった。

オペレーション考えてるやつ、アホちゃうか? 自由が丘なんてそんなデカい街ちゃうぞ。レッドオーシャン戦略すぎるやろ。Zoom《ズーム》で事前に練習せえ! Slack《スラック》で情報共有をしろ! せめて声かけの内容くらい変えろ!

30分も経ってない間に、3組から声をかけられた。どんだけわたしはカモ顔なのかと。ふと、となりにある店のショーウインドーガラスを見る。わたしが映っている。

しめきりあけに教習所に行くので、すっぴん・髪の毛パサパサ・死んだ目・クマだらけの立派なカモ顔のわたしが。

「僕ら、1年前に東京出てきたばっかで？」

「そうなんですね、わたしも今年からです」

「もしかして就職？」

「はい」しれっとうそをついた。

「えっ、じゃあお茶しません？」

「お茶しましょう」

急にめちゃくちゃ話の早いやつみたいになってしまったが、わたしは怒っていた。

彼らがなんでこんなことをやってるのか知りたかったし、それが悪い目的ならば、カモ顔を代表して、全国のカモ顔に知らせる使命があると思った。

しかしながら危ないので、みなさんは真似《まね》してついていかないように。わたしは所属している事務所の複数人に事情を伝え、家族にGPSをリアルタイム送信し、彼らについていった。

自由が丘は遊歩道にベンチが設置されているので、そこでいいじゃんといったが、店へ行こうと執拗《しつよう》に誘われるのでどんな店かと思ったら、ファミレスだった。

わたしの前にすわるのは、ふたりの男性。

ひとりはチャラいイケメン。アルマーニっぽい柄シャツを着ていたのだが、肩のあたりの縫製《ほうせい》がガッタガタで糸が飛び出ていたので、たぶんアルマーニじゃない。便宜上、この男をナイマーニと呼ぶ。

もうひとりは超塩顔で、存在感のうすいメガネ。……だと思ってたけど、ファミレスに着いた瞬間、ナイマーニよりメガネの方が、人が変わったようにペラペラとしゃべりたおしてきた。なんのエンジンがかかったというのか。憶測だけど、もしかしたらナイマーニは「人の警戒心を解かせる役」みたいなのがあったのかな。

会話をiPhone《アイフォーン》で録音しようと思って起動させていたら、IT企業の企画担当を名乗るメガネがやたらと「ホーム画面のアプリを見せて」とうるさいので、しぶしぶ録音を停止した。iPhone《アイフォーン》は録音していると、画面の上部が赤くなって一発でバレるからだ。もし録音防止のためにいってきたとしたら、メガネは切れ者だ。

「最近ひとり暮らしはじめたの？　こういうモノ用意しておくと超便利だよ」

急にそんな話がはじまったので、これはなんか売られる！　と思って身構えていたら。

「高い家電や家具は、メルカリで『テーブル　転勤』などで調べると、早く処分したい人が安く売ってるのが見つかる」

「ワンルームのせまいキッチンだったら、もち手が取れるタイプの鍋を買うと便利」

「スタンプ式のジェル洗剤を使うと掃除が楽」

本当に超便利なものを紹介してくれた。ナイマーニ、見た目によらずめっちゃ家庭的。しかもわりと苦労しているタイプの節約家。推せる。

ちょっと疑っちゃってごめんね。そう思いはじめたころ。

「あとやっぱり、いまから巨万の富を得られるように考えておいた方がいいよ」


順番がおかしいだろ。

メルカリ、鍋、トイレ洗剤ときて、巨万の富はないだろ。

ルネサンス期の３大発明が羅針盤、火薬、ルンバだったくらいのぶっ飛び方だよ。ホウキと掃除機と高圧洗浄機くらいははさんでくれよ。

「巨万の富……っていくらなんですか？」

「奈美はいま初任給がいくらくらいなの？」

フレンドリーもぶっ飛びすぎていて、いつの間にか呼び捨てになっている。

さんをつけろよデコ助野郎！　とさけびそうになったが、相手は『AKIRA《アキラ》』の鉄雄ではないので拾ってくれる保証はない。

「20万円くらいですね」適当な数字だ。

「そっか！　俺は23歳だけど、会社員の給与が25万円で、副業の収入が30

万円あるよ」

ナイマーニ、5歳も下やった。ほんで巨万の富とは、30万円のことやった。すごい。意外に手が届く。わたしのような庶民でも、巨万の富を得られる夢が広がってきた。

ちなみにメガネも同じくらいの収入だった。もっと巨万の富に欲をもとうぜ。2兆円とかさ。

「これ、俺のインスタアカウント! フォロワー1万人いるんだよ。奈美はインスタやってる?」

メガネがスマホの画面を見せてくれた。

「やってないですね。ツイッターはやってます」

「ツイッターかあ。匿名《とくめい》だし、暗めだし、イケてる人少ないよね」

突然、わたしの愛する主戦場をけなされて真顔になってしまった。彼らはインスタでイケてる存在という自覚があるらしい。見せてもらったら、大勢でバーベキューしてる写真とか、青空の下でヨガしてる写真とか、すごいキレイな外国の写真とかでいっぱいだった。

「写ってんのが俺らの友だち！　みんなすげえインフルエンサーで、海外旅行とか行きまくり」

「へー。ナイマーニくんのアカウントは？」

「……俺はやってない！」

衝撃を受けた。

マジか。こんなにインスタで友人同士のキラッキラな濃いコミュニティができてるのに、おまえやってないんか。大丈夫か。落ちこんでないのか。なにがあってん。そのときはなんか切なくなっちゃったんだけど、あれはもしかして、ひとつのアカウントを見せびらかす用にみんなで使いまわしてるんじゃないかな……。

基本、みんなで写ってる写真とか、エモい風景の写真ばっかりで、どれが本人かは特定できなかったし。そのはずだよ。使いまわしてるんだ。そうじゃなきゃ、ナイマーニが浮かばれない。

「で、このインスタで副業ができんの。それで誰でも30万円もうかる！」

「どうやって？」

「海外旅行で映《ば》える写真とって、イイネを集めて、フォロワーを増やす。そしたら企業から、インフルエンサー限定の広告案件がくるから。サンプルもらって写真撮って投稿するだけで5万円とか。俺はヘアサロンもそれで無料だよ」

「でもそんなたくさん海外旅行に行くお金なくない？」

「海外旅行の会員権利を買えば大丈夫！」

待て待て待て。聞き慣れないパワーワードをいきなり放りこんでくるな。

「入会するときに30万円と、毎月1万円が必要なんだけど、これを5人の友だちにすすめて入会させると、奈美は無料でウユニ塩湖に行けるんだよ」

なぜかナイマーニの中では、わたしがウユニ塩湖を目指すことになっていた。ウユニ塩湖を目指したことはない。でも、あまりにもウユニ塩湖を連呼されるので、ちょっと気になってきた。

ほかにもなんかいろいろ聞いたんだけど、書くのもめんどくさくなってきたので、このへんで書き連ねるのはやめておく。

つまりはマルチ商法でした。

「他人から私生活をうらやましがられる生活をしてみたくない?」

ドヤ顔でメガネからいわれた。

すでに他人から私生活をおもしろがられる生活をしているのだがと思った。わたしが途中で一気に興味をなくしたのと、なにをいっても反応しなくなったので、ナイマーニとメガネもあきらめてくれたのか、お茶会はきっかり1時間で終わった。


最後に、あなたへ。

道やお店に迷っている人を助けるのは、いいことです。でも世のなかには、あなたの好意をふみにじるように、だましてくる人もいます。

何年か社会人経験を積んだはずのわたしでも「ここで会話を止めたらお姉さんに悪いかな」と罪悪感がわいたので、もっと若くて、もっと優しいあなただったら、きっと逃げることを気に病むと思います。でも、こんな大都会で「身元も知らないのに距離のつめ方が光の速さ」のやつは、だいたいおかしな人なんです。

「やたらもうかる話」「やたらお金のかかる話」をされたら、友人であっても距離をとりましょう。友人はお金の話を抜きにしてもつながっていられる存在のことをいいます。

……それとな！　ナイマーニもメガネも、カップルもお姉さんたちも！　都会に出てきたばっかりの若者狙って、ふたり組で声かけるのはただの卑《ひ》怯《きょう》でしかないぞ！　読んでるか！　なあ、オイ！

「自分に投資しなきゃ」と誰かからいわれてあせってるのかもしれないけど、貯金をはたいて、よくわからないものを買って、友人のお金を頼ることは投資ではなく、賭《か》けです。ほぼ負けが確定した賭《か》け。

ア・ラ・カンパーニュのうまいタルトを食って、元気になって、明日からの学校や会社をまたがんばろう、ちょっと新しい勉強してみよう、それだって投資じゃないですか。

ただひとつ、お礼をいいたいことはある。スタンプ式ジェル洗剤を買うことは、立派な投資だった。掃除の時間が格段にへる。スタンプ式ジェル洗剤、とてもいい。教えてくれてありがとうな、ナイマーニ。

スズメバチを食べたルンバ

事件は、パソコンで打ち合わせをしている最中に起きた。

ブオンッと風を切りさくような音を立て、視界のすみをなにかが横切った。用意していた議題はだいたい片づき、雑談に移行していたので、わたしはふっと顔を上げる。


ふとんを干すとき、全開にしていた窓が開いたままだった。

ブオンッ。玄関で、また風を切りさく音。

カナブンだろうか。バッタだろうか。そんなのが飛びこんでくるくらい、あたたかくなったんだなあ。四季の移り変わりへ思いをしみじみ馳《は》せながら、わたしは会議のメンバーに「すみません、ちょっと何か来たので、見てきます」といい、接続を切った。

虫のことを「ちょっと何か来た」と表現するのは、わたしの小賢《こざか》しいブランディングである。最近、映画『バグズ・ライフ』と『風の谷のナウシカ』を何年かぶりに観《み》かえしたので、小さきものの生命《いのち》を尊び、いつくしむ人にあこがれていた。

カナブンだかバッタだかに「ふふっ、かわいい子。ここが落ち着くのね。好きなだけいていいのよ」と、声をかけたい気分になっていた。ついでに「春のお客さんが来てくれました」みたいな、ゆるふわのひと言をそえて、インスタのストーリーにあげてやろうと思っていた。モテたい欲が変な方向に肥大化しすぎている。

玄関に、ブオンッの主がいた。

なんとか視認する。

想像していた100倍くらいうるさくて、速くて、でかいことに、わたしはビビる。虫は、オレンジ色と黒色のシマシマ模様をしている。

いや待って。ハチやん。スズメバチやん。

死ぬ。ワンルームでこれは死ぬ。阿鼻叫喚《あびきょうかん》しながら母に電話をかけるが、つながらない。とっさに、作家活動のエージェントをしてくれている事務所の人たちがいるグループチャットに、文字を打ちこむ。

「ああああああああああ　いああああああ　家に　家に雀《すずめ》　スズメバチ　きくかはしぬた　死ぬ　こわいこわいこわい」

スマホに視線を移している間におそわれないかがこわくて、ちらちらと羽音のする方を見ながら打っているので、誤字が乱発する。

「家の中に?」

エージェントのひとり、長谷川さんによる冷静な返信。直後、ハチが入りこんできたときの対処法がのったアドレスも貼りつけられた。あまりにも優秀すぎる。

対処法をざっと読む。

ハチは明るい方へと逃げていく習性があるので、窓を開けておけば逃げていくらしい。玄関あたりで暴れまわっているスズメバチを怒らせないよう、気配を殺しながら、窓という窓を全開にした。これにて一件落着かと思ったが、この部屋、異常に日当たりがよいことに気がつく。契約の決め手となった3面採光が仇《あだ》となり、外も中も明るさが変わらない。

よって、ハチは出ていかない。ちくしょう。

しばらくすると、ブオンッブオンッが聞こえなくなった。

見るのもいやだが、見えないのはもっといやだ。キッチンの方へおそるおそる近づくと、スズメバチが床に降りて休んでいた。

人間、窮地《きゅうち》に追いこまれると、動体視力や反射神経がはね上がるものである。いらぬ勇気も。あと、

シンクで乾かしていた炊飯器のかまを手に取り、カパッとスズメバチの上からかぶせてしまった。

長谷川さんに写真を送ったところ「魔封波《まふうば》じゃん」と、『ドラゴンボール』の技名にたとえてほめられた。やればできた、魔封波《まふうば》。

しかし、ここからが大変である。なにせ、かまの中にいるのは、スズメバ

チ。『名探偵コナン』の第120話「ハニーカクテル殺人事件」、第716話「能面屋敷に鬼が踊る」でもスズメバチは人間を殺すトリックとして用いられた。タイトルからしてこわすぎる。

生けどりにしたシリアルキラーをどう扱えばいいのかわからず、パニックになったわたしはツイッターで助けを求めた。デジタルネイティブここに極まれり。

「下じきなどを差しこみ、ベランダに出て、下じきを外す」

これがわたしに届いた、最も多いリプライだった。申し訳ないが、却下させてもらった。だってこわい。外した瞬間、「オラァ！　おまえ！　コラァ！」とハチがこっちに飛んできたらどうするんだ。

「うちでは掃除機で吸いこんで、袋ごと捨てちゃいます」

掃除機で吸いこむ。これは安全そうだ。早速やってみることにした。

しかし、うちの掃除機といえば、調子に乗って買ったルンバのみ。

これで……いけるの……だろうか……。

かまを開けた瞬間に、ルンバがうまくハチを認識して、即座に吸いこんでくれなきゃ終わりだ。わたしの生命はルンバのＡＩに賭《か》かっている。いや、賭《か》けられるわけないだろ。がけっぷちのギャンブラーか。もう一度ツイッターを見たら「おかまを大きなゴミ袋で包んで外せば、そのまま捨てられる」との続報が。

はっ、そうだ。

わたしは大きなゴミ袋でかまとルンバを包みこんだあと、ルンバを起動させた。突如として現れたゴミ袋のコロシアムで、ハチとルンバの一騎打ちである。観客はただひとり、わたしだ。

10分近い死闘の末、ルンバはついにハチを吸いこんだ。わたしは歓喜の声を上げた。

しかし。コロシアム（ビニール袋）を外してみると。ルンバのダストボックスから、カチャッ、カチャッ、ブオンッと音が聞こえるのである。

これは……。

スズメバチが、かまからルンバに移動しただけやんけ。

孔明《こうめい》の罠《わな》である。おのれ孔明《こうめい》。

これを読んでいる賢い人はもうお気づきだろうが、「袋の中でかまを開ければよかった」のであり、誰も「袋の中でルンバにハチを吸いこませろ」なんていってていない。

わたしは完全に、恐怖のあまり正常な判断ができなくなっていた。袋とか掃除機とか以前に、鎮静剤が必要だった。

もう一度、ツイッターを見る。いい加減にツイッターを見るのをやめろと誰か教えてくれる人がいたならば。

「ハチは寒さに弱いので、ルンバごと冷凍庫に入れてみるのはどうでしょうか」

い……いやだ！　買ったばかりのルンバだぞ。冷凍庫なんかに入れたらこわれるかもしれないじゃないか。というかひとり暮らしの冷凍庫にでかいルンバが入るわけないだろ。

はっ。

保冷剤で冷やせばいいのだ。

冷凍庫中の保冷剤をかき集めて、引っ張り出す。お察しの通り、わたしは生粋の関西人なのだが「551があるとき!」のありがたみを、今日ほど感じたことはない。神戸に帰省するたびにもち帰ってきた551の保冷剤が、あるわあるわ、山ほどあるわ。保冷剤がとけて水滴がしたたってくるとルンバがこわれそうなので、わたしは1時間ごとに保冷剤を粛々《しゆくしゆく》と取り替えた。

もはや、病床のルンバを看病している親の気分である。

「ごめん、ごめんねルンバ、もうちょっとの辛抱だからね。耐えてね」

苦しみながら、自らの体内でスズメバチの命をじわじわと追いつめていくルンバの捨て身の攻撃は、いつかハリウッドで映画化されると思う。

5時間に及ぶ看病の末、わたしは床に這《は》いつくばり、ルンバのダストボックスに耳を押し当てた。

待ち望んだ、静寂だった。

ルンバは勝利した。

泣きそうになりながら、ダストボックスを取り外そうとした瞬間。

ブオンッ。

生きとる。

なんちゅう生命力や。

そろそろ気力も体力もつき果ててきた。

コンビニへ行き、殺虫剤の棚を物色してみたが、ハエ・蚊用のスプレーしかなかった。火力が低すぎて心もとない。

そうだ。ハチがダストボックスから飛び出してこないよう、ルンバにホコリをたくさん吸わせて、ふわふわのかたまりにしてしまえばいいんだ。そしてかたまりごと、捨てれば。

でも、そうそうホコリなんてあるもんじゃないし、どこから拾ってこようか。

部屋をうろうろしていると、何気なく手にとったドラム式洗濯機の乾燥フィルターに、ホコリがついてることに気がついた。

渡りに船ならぬ、ルンバにホコリ。この瞬間、こんなにもホコリを探し求め、狂喜しているのは、日本中を探してもきっとわたしだけだろうな。

いまわたしは、洗濯機をまわすたびにホコリをルンバに食べさせ、保冷剤をこまめに取り替えるという暮らしを送っている。ここには確かにていねいな暮らしがある。スズメバチだって、なにもわたしをさしたくて家に入ってきたわけじゃないのに、わたしがビビりでアホなばかりに哀れな末路をたどらせてしまい、本当に申し訳なく思っている。

せめて今年のお盆は、スズメバチを弔い、スズメバチを憂いたいと、固く心に誓う。

深夜、タクシーで組織から逃げる

様子のおかしいタクシーに、乗りこんでしまうことが多い。

これはわたしの運の悪さ、年齢と性別、なめられそうな顔つきというのが災いしているんだろうけど。

ラジオ出演を終えた、深夜のことだった。

配車アプリで呼ぼうと思ったら、ちょうど目の前に停まっていたタクシーがあったので、乗りこむ。

「どちらまで?」

「渋谷の並木橋《なみきばし》の交差点まで」

「わかりました、目黒通りでいきますね」

ここまではふつうだった。

ぱっと顔をあげると、後部座席の窓、助手席の背もたれの裏側、天井。張り紙だらけだった。「光脱毛のTBC」とか「AGA薄毛治療」とか、広告ならめずらしくないけど、これはそういうのじゃない。

全部、手書きなの。たぶん、運転手さんの手書き。

書いてあるのが「もしあなたが、組織から指示を受けてこのタクシーに乗りこんだのなら、それは犯罪なのです。すぐに運転手に申し出なさい。さもなくば、然《しか》るべき処置で抵抗します」という、警告の羅列《られつ》。


組織……？


頭の中に、黒い帽子と、黒いコートに包まれた男たちの面々が浮かんだ。それは黒の組織や、工藤。

「この、組織ってなんですか？」

わたしは運転手さんに聞いた。知らんふりをして、サッと降りればよかったのだが、さっきの道順のやりとりでもわかった通り、運転手さんはふつうに愛想の良い人だったので、会話をしてみようという好奇心が勝った。

「最近流行《はや》ってるんですよ」

組織が流行るとは。

組織たるもの、なんらかの隠密《おんみつ》行動をするのではないか。流行っていては本末転倒ではないだろうか。

「たとえば、わざと道ですれ違うときに肩をぶつけてきたり、建物の中で大きな音を立ててドアを閉めたりする人がいるでしょう」

「まあ、いますね」

「それらはすべて、組織の命令で動いている人たちなんですよ」

「えっ」

「人に迷惑をかけることで、衰弱死させることが目的です」

「えっ、えっ」

組織、こわい。

「たまにね、組織の命令でタクシーに乗ってくる人がいまして」

「ど、どんな人なんですか？」

「わざと舌打ちをしたり、ワンメーターで1万円札を出したりする人です」

ここで信号が赤になった。

「後ろに、白い車がいるのがわかりますか？」

わたしはシートベルトに引っかかりながら、なんとかふり返る。白い車があった。っていうか、白い車だらけだった。日本の車っていうたら大抵、白い車か黒い車やんけ。

「あれもね、組織の車なんです」

「マジですか」

最初はからかわれているのだろうかと思った。けれど、運転手さんの鬼気《きき》迫《せま》る説明や、張り紙の多さからして、これは本気である。

ちなみに最近のタクシーの後部座席には、タッチパネルがついていて、広告が流れたり、電子マネーで決済したりすることができるのだが、そこにはでかでかと「使用禁止！　盗聴されています！」と書かれていた。

道ですれ違うときに肩をぶつけてくる人も、タクシーに乗って舌打ちをしてくる人も、嘆かわしいことに、この世には確かに存在する。彼らは組織の命令で動いてなどいない。ただ単に、マナーがなっていないだけだ。

「なんだよ、ついてないな。ちぇっ」で終わる話だけど、なかには、それで終わらない人もいる。

病気や極度のストレスが原因で、思いこみが激しくなり、身に起こるすべての現象に「なにか裏があるはずだ」と物語をこじつけてしまう人が。

そういう人が、街で何度か肩をぶつけられたら「組織が自分の命を狙っている」と物語をつくって、信じてしまう。この傾向がひどくなればしかるべき治療を受けないと、治らない。

ほとんどの人にとって、組織なんてばかばかしい幻覚だ。でも、運転手さんにとっては、まぎれもない真実だ。組織に命を狙われ、不安をつのらせながら、彼は働いている。自分には確実にそう見えている、そう聞こえているものが、大半の人から「あるわけない」と信じてもらえないのは、どんなに苦しい地獄だろうか。

たったひとり、異世界に飛ばされて「違うんです、わたしは2020年の日本から来たんです」って泣きながら助けを求めても、誰からも助けてもらえず、そのまま息絶えていく自分を想像した。おそろしかった。

肩をぶつけてくる人は存在する。存在しないのは、それが起こった因果関係だ。ただの偶然。でも運転手さんは「自分がこんなつらい目にあうはずがない。きっと、組織がやらせてるんだ」と思いこんだ方が、生きていくうえで都合がよかった。それは病気のせいかもしれないけど、もしかしたらわたしだって、やっていることは似ていたりして。


日常に起こっているおもしろいこと。過去に家族からもらった大切なひと言。それらを結びつけて「こんな意味があったんだ！」と、わたしは文章にして、披露している。

いまのところ、それは、因果関係の形をしているけれど。本当は、わたしの思いこみかもしれない。なかったはずの因果関係を、できるだけハッピーな方向へと、引きずり出して、つなぎ合わせて。事実はあるけれど、真実はわからない。

こわいな。

途端に自信をなくしてしまったけど、そういうときに忘れてはいけないのが、いつももうひとつ、別の場所から自分を見ることなのかな。

因果関係をつくって、物語で自分を救うことは、美しい。でも物語で、むやみに傷つく人が出てはいけない。運転手さんのように、悪者でない人を悪者にしてはいけないし、いっていないことをいったように仕向けてはいけない。

そうなっていないか。物語を紡《つむ》ぐ自分と、冷静に見つめる自分の、ふたつの視点があれば、とりあえずは大丈夫な気がする。

ぼーっと考えていたら、急にタクシーが急発進と急停止をくり返した。シートベルトが食いこんで、口から膵臓《すいぞう》が出るかと思った。

「ど、どうしたんですか！」

「組織が追ってきているので、距離をとります！」

「わかりました！」

わたしは元気に答えたのち「ここで降ろしてください！」と、高らかに宣言した。

しばらく迷ったのち、もらったレシートを頼りに、タクシーグループへ電話をかけた。

悪い人じゃないんだけど、ちょっと様子がおかしい運転手さんがいます、と。

「ええと、クレームですよね？」

電話口のしゃがれた声の男性は、怪訝《けげん》そうにわたしに問い返した。

「迷惑は受けてないので、クレームじゃないです。でも、もしかしたら他の乗客さんとトラブルになるかもしれないので、一度運転手さんのお話を聞いていただいた方がいいかもしれません」

もしかしたら、治療を受けているのかもしれないし、彼は彼で幸せなのかもしれないので、電話をかけておきながら、果たしてこれは正しい行動なのだろうかと自分を責めた。

「はー、そうですか。ごめんなさいね、頭のおかしいのがたまにいるもんで」

めんどくさそうに電話は途切れた。ごめんなさいも、頭のおかしいも、なんか、わたしとはかみあわない言葉だった。

存在しないものにおびえている、運転手さんの思いこみの孤独をそのまま「ようわからんこわいもの」にしておくのは、異世界に飛ばされて見捨てられたわたしを見ているようで、いやだった。でも、結局、わたしは、余計なことをして終わったんじゃないか。あの様子で、彼の孤独に、タクシー会社は寄りそってくれるのだろうか。

だれも事故で死んでほしくないし、ありもしない世界をうらんでほしくない。それだけのことを、なにもしらない他人に伝えるのが、こんなにもむずかしい。

同じ会社のタクシーを見かけるたびに自然と、あの運転手さんを探してしまう。

おすそわけをもらう話

24歳の弟は、字が書けない（はずだった、怪文書を読むまでは）

ダウン症の弟は、字が書けない。

はずだった。

今朝、母が、小さくちぎられた海苔《のり》がべたべたと張られたいびつな丸いおにぎりと、そこにそえられたメモ用紙を発見するまでは。

メモ用紙には、なぞの言葉が残されていた。怪文書やないか。

おにぎりと怪文書。あまり聞いたことがない組み合わせだからか、めちゃくちゃ不穏《ふおん》な響きがする。そんなコンビが存在するのはうちの家くらいだ。

怪文書から、かろうじて読める言葉を探す。

「ママ　ひろみ　ポール　ごはん　ます」

ひろみは母の名前だ。つまりこれはたぶん、母に宛てられたものと思われる。うちにポールはいないはずだ。……いたかなあ、ポール。脳裏にマッカートニーが浮かぶ。おらんやろ。

10数分にわたる解読の結果、これは最近仕事が忙しくて朝ごはんを食べていない母を心配して「ボールみたいなごはん」をつくったから食べなさい、という弟の粋なアレだった。

事情を知った母は爆泣きした。爆泣きしている母をジト目で見ながら「これ、オカンが自分でつくって書いたんちゃうの」とわたしがいったら、強めにしかられた。

本当に、弟の粋なアレだったのだ。おまえ、そんなことできたんか。いつの間に字なんて書けるようになったんや。姉は、弟の成長におどろいた。

しかし弟の真意を知ったのは、もう少しあとになってからだ。

翌日、第2の怪文書があらわれた。今度はおにぎりはなく、机の上に手紙だけ。怪文書、このペースで出てくるんだ。名探偵の家系かな。発見者の母の招集により、岸田家解読班が結成され、またもや解読にとりかかる。

「ゲーム　ドラえもん　のび太のひみつ道具博物館　SD3　11月5火　生日　ゼード　ミユーシアム」

3DS（ゲーム機名）がひっくりかえってSD3になっていたけど、すぐにわかった。ゲームソフトだ。そのあとの「火生日ゼード」というのが、わからない。

「11月5日って、良太の誕生日やんな……」

母がつぶやいて、わたしがひらめく。

「これ、『火生日』って、誕生日って書きたかったんちゃうの？」

「誕」がむずかしくて書けなかったから、火になったのか。たしかに火は人間をサルから成長させたファクターと考えれば、「誕」の意味をもつかもしれない。いやそんなわけあるかい。考えすぎて変な方向にさえてきている。

「じゃあゼードってなに？」

「ゼード、ゼード……ゼット？　セール？　セーブ？」

「あっ！」

母の頭でピコーン、と電球が光ったように見えた。

「プレゼントや！」

衝撃である。

これは弟が、自分の誕生日プレゼントにゲームを催促する怪文書だったのだ。

おもむろに和室の方を見やると、ふすまの陰から弟が、解読班の様子をモジモジしながらうかがっていた。愉快犯のソレだ。

間違いだらけとはいえ、24歳にしてとつぜん書の道に目覚めた弟に、岸田家は騒然とした。姫と隣国の王子が熱愛結婚した国のお祭りのようになった。

「他の子たちみたいに字を書いたり計算したりできなくても、誰より優しく、明るく生きてくれたらそれでいい」と育てていた母も、うっかり喜んでいる。

ただ、弟はものすごくめずらしい字の書き方をしている。わたしたちみたいに、頭のなかに「この字は、こういう発音と意味」「この字とこの字を組み合わせると、こういう単語になる」というデータベースがあるわけじゃない。


お手本の字を見ながら、ひたすらコピー＆ペーストしてる。

「ドラえもんのゲームがほしい」と思っても、「ドラえもん」という字を覚えているわけではないので、なにも見ずに書くことができない。おもちゃ屋のチラシをもってきて、ドラえもんの絵を見つけ、その下に書かれている文字はたぶんドラえもんだろうと予想し、写して書く。

彼の記憶に「誕生日」という言葉もないので、遠いむかしにもらったバースデーカードを引っ張り出し、そこに印刷されている文字をカンで選び、写して書く。

弟は、字は書けるけど、言葉は書けない。

はずだった。（2回目）

わたしがはじめての本『家族だから愛したんじゃなくて、愛したのが家族だった』を出版することになるまでは。

本の装丁を担当してくださった祖父江慎《そぶえしん》さんが、読み終わった原稿をトントンと机に軽く落としてそろえながら、ニコニコしていった。

「弟くんに、ページ番号を書いてもらいましょう」

びっくりした。

「弟は、字がそんなに上手じゃなくて……ちゃんと書けるかどうかわかんないですよ」

「大丈夫。ステキな本になりますよお」

巨匠に大丈夫といわれれば、大丈夫にするしかない。

わたしは実家にいる母に電話して事情を説明し、弟に頼んでもらった。弟は「ええっ、もう、しゃーないなあ、やったろ」といったそうだ。巨匠がここにもいた。

「やってくれるって」

母の報告とともに、爆裂に腹が立つひょっとこ顔の弟の写真が添付されていた。おふざけになっている。本当に数字が書けるんだろうか。数字を書くという意味をわかっているんだろうか。

翌週実家にかけつけ、ハラハラするわたしの心境などお構いなしに、巨匠は、蚊が止まりそうなほどゆったりとした動きでペンをとる。

そして、慎重に紙へペン先をつける。紙と目の距離が、異常に近かった。うまい棒1本の半分の長さくらいしか開いてなかった。

むくむくの手で、ゆっくり、ゆっくり、0から9までの番号を、順番に、ひとつずつ。納得いくまで、弟は3回も書き直した。

「かけた」

弟はまた、あのひょっとこ顔をした。

見てるこちらが手に汗をにぎるスローな進捗《しんちょく》だったが、とにもかくにも、すべての数字が書けた。書けたのだ。これには母が泣き、わたしは笑ってしまった。

「ありがとう。これ、姉ちゃんが出版する本に使わせてもらうな」というと、出版がなにかわかってない弟は「おう、がんばってや」といった。

完成した本のノンブルを見て、腰を抜かすかと思った。たとえば111とか、112のようにおなじ番号でも、数字の組み合わせがすべて違う。それを全ページ分、ひと文字ずつ、手作業で配置してくれたのだ。

まるで弟が1ページずつ、書いてくれたみたいだった。ぶかっこうで、大きかったり小さかったりするその数字は、わたしのために書いてくれたものだ。それだけで大きすぎる意味がある。これは弟の言葉だ。

そして、奥付。映画でいう、エンドロール的なあの場所に「ノンブル文字岸田良太」とのっている。

ここでようやく、わたしが泣いた。途方もない時間がかかったのだ。ページ番号のことも予定になかったせいで、入稿の時期がずれにずれたと聞いている。でも小学館さんは待ってくれた。素敵なアイデアなのでと喜んでくれた。

弟よ、あんた、奥付に名前のってるぞ。見とるか。見とるな。やったな。

帯文にあたたかい応援コメントを寄せてくださった、阿川佐和子さんと対談の機会をいただき、会いに行った。阿川さんが「本がおもしろいほど売れたら、印税でなにしたいですか？」とお茶目に聞いてくれた。

わたしは「神戸にいる母と弟のために使いたいです」と、胸を張って答えた。御殿くらいは建てたいですといったら、阿川さんは「いける、いける」と微笑《ほほえ》んだ。

ワクチンを打ったわたし、心臓を止めない薬

お下がりの洗濯機をいつもっていけばいいかという連絡を母にしたら、ちょうど大学病院のレントゲン検査にきているところだという。

心臓に人工弁を入れている母は、〝念のため〟の検査がやたらと多い。いつも飄々《ひょうひょう》とした外科医の先生が「うん、今日も異常なっしーん」と壁に貼りつけた検査の書類を見ながら、当然のようにいってくれるのだが、超弩《ど》級《きゅう》の心配性である母は、いつもあれこれと質問をする。

その質問が、なんか、天王寺動物園のトラの背中にマウンテンゴリラが乗ってオリから逃げ出した想定の避難訓練というか、とにかく「そうはならんやろ」となだめたくなるような想像の産物なので、母はいつも「そうはな

らんのですよ」と先生に笑われて、すごすごと診察室をあとにするという。

「もう病気はいやや、ピンピンコロリがいい」

母が電話で、さめざめと泣いた。

「すでに病気で2回死にかけとるから、あなたの場合はピンピンコロ　ピンコロピンピンコロリやで」

内容のない励ましを送ってみたところ、

「なるほどォ！」

と母は納得した。そんなもんである。

コロで命拾いをしているうちはまだいいが、コロリになったらたまったもんじゃないので、できる限りのことはしておこうと、わが家は全員がコロナウイルスのワクチンを打つ方針を固めた。最初に79歳のばあちゃんが打ち、その次は仕事の関係でわたしへ先に順番がまわってきた。

接種会場は、出張先である東京。

いつもはオノボリさんだらけの都庁の展望室が、無数のパーテーションで仕切られ、次から次へとエレベーターで上ってくる人々を、やまやの明太子《めんたいこ》工場のように素早く、医師やスタッフがさばいていく様子は圧巻だった。

注射が終わり、医師から説明を受ける。翌日から筋肉痛や頭痛の副反応が出るかもしれないが、一旦は市販の鎮痛剤を飲んでもいいそうだ。

「出ませんように！」

声に出して祈る。ぺた、とばんそうこうを貼りつけてくれた看護師さんが笑った。

「若い人は免疫力が高いからねえ、身体が反応しやすいのよ」

免疫とは、外敵から命を守るための自己防衛システムなので、エヴァンゲリオンでありガンダムであり国家錬金術師である。

翌日から、肩から上に腕が上がらなくなってしまい、Suica《スイカ》をうまくピッとできず何度も改札に激突しては通勤途中のサラリーマンに背中から舌打ちされるという比較的前世の罪が軽い者が落とされる地獄を経験してしまったが、それも「わたしの生命力が作用している、いや、しすぎている」と思うことにした。

漫画『ワンピース』第1巻でシャンクスが「安いもんだ……腕の一本くら

い…」とルフィをかばった、あのときの気持ちもわかる。でもさすがにシャンクスだって腕一本もっていかれた日くらいは、病院行くなり寝るなりしたと思う。シャンクスにならってその日はトドのように寝たら、痛みは消えた。

ワクチンの副反応として、まれに重篤なショック状態になるとされるが、圧倒的にほとんどの人はわたしのような軽い副反応で終わる。副反応が出てしまうのは仕方がないから、できるだけ休んでほしいな、サラリーマンに背中から舌打ちされる地獄には来てはいけないなと思ったので、ここまで書いた内容をギュッと140文字にまとめて、ツイッターに投稿してみた。

そしたら、バズった。

おおむね「せやな」と同意してくれる声が寄せられたが、すさまじい熱量のこもった「ワクチンは打ったらあかんで」「ワクチンを広めるような投稿はやめんかい」という声もあった。予想はしていた。

打ちたい人は打ったらいいし、打ちたくない人は打たなかったらいいと思う。

打ちたくない理由には、健康上の都合、政府への不信、副反応への不安など、ここに書ききれないほどいろいろある。なにが全員にとって100%正しいかなどという答えは誰も出せない。

打って後悔した人もいるし、打たなくて後悔した人もたぶんいる。

わたしは、誰のためにどういう選択をすれば、どうなっても胸を張れるかだけを考えた。心臓の基礎疾患のある母、ダウン症の弟は、コロナにかかったら重篤化しやすいと先生からいわれた。コロはまだしも、コロリはあかん。だから家族で打つことにした。

っていうか、それくらいしか、できないじゃんね。

選択は自由だ。自分とちがう選択をした人を攻撃したり、正確かどうかわからんおそろしい情報を突きつけたり、どちらの選択にもかかわらず対応をしてくれる医療従事者の人たちをおとしめたりするのは、ちょっとよろしくないんではと思いながら、わたしに寄せられたひとつひとつのメッセージに返信していたらボコボコにされてインターネットという東京湾に浮かぶことになってしまうので、念仏を唱えるようにスルーしていった。

ひとつだけ、スルーできなかったメッセージがあった。

一度スルーしても、二度、三度と「ご家族のワクチン接種を思いとどまらせてください」と送ってくる人だった。やりとりをこうやって書いていいかとたずねたら、承諾してくれたこの人を、Ａさんとする。

最初は、いやだなと思ったけど、Ａさんはわたしの本も買ってくれて、ていねいな感想をそえて引用リツイートで頻繁に紹介してくれていた。

他の人と違い、誰が発信したかわからないおそろしい眉唾《まゆつば》情報や、ちょっと様子のおかしい攻撃的な言葉があるわけでもなく。

わたしはＡさんに返事をした。

「どうしてそう思われるんですか？」

「わたしは医者や薬にだまされて、ひどい目にあいました。ワクチンはうそです。大好きな岸田さんに同じ地獄を味わってほしくないので」

地獄。

これはサラリーマン背中舌打ち地獄よりも、階層が深そうである。都営地下鉄大江戸線六本木駅の深さは誰が行っても「深すぎやろ」といえるしベロンベロンに飲んで足がおぼつかない日の最寄り駅だったりすると死が頭をよぎるが、それと違って、こういう地獄の深さは誰でもなく本人が決める。

Ａさんのツイッターの投稿をさかのぼっていった。

Ａさんは、旦那さんをがんで亡くしていた。

不調を感じ、病院にかかったら「早期発見とは決していえないけど、転移もないし、５年後生存率は悪くない。がんばりましょう」といわれ、覚悟していたけど、手術をして体調がよくなったらしい。腕のいい先生だ、運がよかったと思ったけど、喜んだ分だけ押し寄せるゆりもどしも苦しかった。

がんが再発。先生のいうとおりに抗がん剤の治療をはじめた。薬の副作用がひどく、旦那さんが泣いて吐いて苦しむ姿をずっとＡさんは見続けていた。

「薬が効いて、腫瘍は小さくなっていますよ。期待がもてますから、がんばりましょう」

先生から励まされ、Ａさんたちは迷いながらも、治療を続けた。でもあっという間に状態は悪くなり、多臓器不全で人工呼吸器をつけることになった。

人工呼吸器をつけ、会話もままならないまま、旦那さんは亡くなられてしまった。

Ａさんは先生のことをうらんでいる。先生が選んだ抗がん剤、つけた人工呼吸器のこともうらんでいる。治療だけじゃなくて、ちょっとした話や手続きをするときも「無下にされた」ような態度をとられて、病院をうらんでいる。

そのときのことをＡさんは、くり返し、くり返しツイートしていた。まだ忘れられない、まだ納得がいかない、だれかに聞いてほしい、だれかを救いたい、その一心だった。

医師も薬も病院も信頼ができない、だからワクチンを信用しない。それでＡさんはわたしに知らせようと連絡をしてきた、ということだった。わたしがＡさんとやりとりをして、のせてもいいよといわれた内容を端的にまとめただけなので、Ａさん視点のこの話がどこまで事実かはわからない。

抗がん剤治療も人工呼吸器も、患者は医師の説明を聞いた上で、決める権利があるはずだし、医師が一字一句どういう理由でどんな説明をしたのかはその場にいないとわからないはずで。

でも、Ａさんにとっては、これが真実なのだ。

思い出したことがあったので、Ａさんにわたしの話をした。

わたしの父も、15年前に亡くなった。

急性の心筋梗塞で、救急車で病院に運ばれたときにはもう手遅れだった。10時間以上におよぶ手術のあと、人工心肺をつけられ、一度も目を覚ますことなく、２週間後に多臓器不全で亡くなった。

わたしが父と交わした最後の会話は、売り言葉に買い言葉だった。まさか病気で死ぬなんて思ってなかったので、思春期らしいくだらない勢いだけがある親子ゲンカだった。ケンカにすらなってない。虫の居所が悪いわたしが、父に口汚く突っかかっただけだ。

そういう経緯だったので、つらくて、悲しくて、仕方なかった。

当時のわたしは、たぶん、主治医の先生をうらんでいた。

病院の待合室で座っていると、説明を受けた父の親戚が、くやしそうな顔をしていった。

「こんな病院やなかったら、浩二は助かっとった。なんで○○大学附属病院に移送してくれへんかったんや」

○○大学附属病院は、心臓外科の名医がそろっていることで有名だった。母もそこに運ばれなければ、助からなかったといわれたことがある。

「腕がよくないのに、ここで手術できるって決めた主治医が悪い」「人工心肺なんかつけたらもう病室から出られへんやんか」「こんなひどい話があるか」

猛烈に、激烈に、先生に怒っていた。

わたしは毎日、学校が終わると父の病室にきて、ベッドのそばでその日あったことを話しかけていた。もちろん返事はない。でも最後はいつも「あのときはひどいこといってごめんな」でしめていた。

たまに、診察にきた先生とすれ違うことがあった。

先生は「こんにちは」とだけいって、わたしから視線をそらし、忙しそうに父がつながれている機材をチェックしていった。そのことがなぜか、つらかった。お父さんはどうですか、経過はいいですか、さっき目から涙が出てたんですけどそれって意識がもどるってことですか、と聞きたいことは山ほどあったけど、とてもおしゃべりできる相手ではなかった。

中学生のわたしはバカだったので、親戚のいったとおり、この人は悪い人なのかもしれない、と思ってしまった。

「6月9日、18時42分です」

父の容態が急変して心臓が止まった日も、学校から大急ぎでかけつけたわたしのとなりで、先生は淡々と時間を告げた。それがくやしくて、あんたのせいなのになんでそんな風に平気でいられるんだと怒りが募ったけど、そのあとすぐ悲しさが津波のようにわたしを飲みこんで、葬式が終わるまでの記憶が飛んだ。

それからあの先生とは二度と会っていない。

病院を見ることすらいやで、近くを通る道は絶対に選ばないようにし、母を救急車に乗せたときも「あの病院だけはやめてください」と救急隊員にさけんだ。

そういうことがあったので気持ちはわかります、とわたしはAさんに伝えた。ワクチンを打つことはやめないけど、でも、気持ちはわかります。

Aさんと話したあと、わたしは実家に帰り、母と話をした。

「パパが亡くなったあの病院の先生、ひどい人やったよな」

すると母は、とんでもない、という顔をした。

「あの先生ほど優しい先生はおらんよ。いまでも名前を覚えてるわ」

今度はわたしの方が、とんでもない、という顔になった。

一体、なにがどうなっているのか。


ここからは、母が話してくれたことだ。

父が病院に運ばれた時点で、移送をする選択肢はなかった。どんどん心臓の血管が破れていくのがわかり、遠くはなれた大学病院まで保たない。自宅から生きて病院に着いたことすら奇跡だった。

先生は手をつくして、せめてここでできるだけのことをと、大学病院から人工心肺のプロフェッショナルの先生を呼び寄せて、装着してくれた。

集中治療室に入ってからも毎日のように、いまは父がどんな状況で、どうなれば快方に向かい、どんなリスクがあるかをていねいに説明してくれたという。

「先生ね、パパの前で号泣してたんよ。力不足でしたって。こんなに泣いてくれる先生がおるんやって、わたしはうれしかった」

もうひとつ、衝撃的だったのは。

あの日、わたしは中学校にいて、部活の先生から「お父さんが急変して危篤らしい、車きてるからすぐに行け！」といわれて、車で5分の病院へ向かった。

わたしが到着して、1分か2分後に、父は死んだ。

でも本当はもっと早く、父の心臓は止まっていたらしい。

先生が「娘さんだけは、あの娘さんだけは、生きているお父さんに会わせてあげないといけない」と思って、心臓を動かす薬だけを大量に投与し続けて「がんばれ、がんばれ」とわたしを待っていてくれたそうだ。横たわる父に呼びかけ続ける母が見ても、すさまじい執念だったらしい。

先生がいなければ、わたしは「ありがとう」とまだ生きている父に、伝えることができなかった。30分後到着した祖父母は、間に合わなかった。

「心臓が止まったあとも、耳だけは最後まで聞こえているので、話しかけてあげてください」

病室を出ていくとき、先生がひとり残ったわたしに教えた。

なんでそんな悲しいことをわざわざ教えるんだろうとあのときは思ったけど、先生、そのあと「力及ばずでした」って、頭を下げてたな。

先生が号泣していることを、わたしは知らなかった。先生の涙が目に入らないくらい、自分のことで精一杯だった。

誰かをうらむことでしか、わたしは、父の死を認められなかった。

父は死ぬべき人ではなかった。わたしたちは無力ではなかった。じゃあ誰が悪いんだ。医者だ。医者が父を助けられなかった。生きられるはずの、父を殺した。悲しみを乗り越えるために、わたしはそんな物語をつくり上げた。

しかし、父は、死んでしまう人だった。

わたしたちは、無力ではなかった。

もしくは、ひとしく無力だった。

みんなが、祈り、手をつくした。

先生、長い間、本当にごめんなさい、ありがとうございました。


Ａさんの物語と、わたしの物語は違うので、これを押しつけることはしないし、やっぱりわたしがワクチンを打つという選択は変わらない。

でも、メッセージを送ってくる誰に対しても、

「そんなわけないだろ、なにをいってるんだこの人は」

と思うことをやめた。返事はしない。

ただ、そこに至るまでにどんな悲しみや怒りがあったのか、想像をする。

誰かの代わりに言葉を書く人間として、想像をする。そうやって、この東京湾をバタフライで泳いで、生きていく。

いい部屋とは、暮らす人と見守る人の愛しさが重なりあっている

「もう、転がしたらええんちゃうかな」

母がぽつりとつぶやいた。目の前には、ひとりがけソファ。不要になったこれを、100メートルははなれたマンションの粗大ゴミ置き場へもっていかなければならないのだが、どうにもこうにももち上がらない。知り合いが手掛けるモデルルームのリビングのインテリアとして使われ、どういう縁かうちへはらい下げられた、白い革張りで重たく、角張っているひとりがけソファ。

マンション中の住民が寝静まる深夜3時、

わたしと弟は全力でソファを転がしていた。

ゴロン、ゴロン、ゴロン。

シルエットだけ見たら、大きなお金を運ぶ原始人のようだ。『はじめ人間ギャートルズ』で、こんな光景を見た気がする。どこかの誰かに見られたら、斬新な夜逃げを疑われてしまう。


2月初旬。

母がとつぜん「広い部屋に移動したい」と、わがままをいいはじめた。

広い部屋とは、わたしが東京でひとり暮らしするまで使っていた子ども部屋のことだ。

子ども部屋とは名ばかりで、そこにはわたしが20年以上の歳月をかけて集めてきたホニャララや、若気のいたりで買ってしまったホニャララなどが、ほこりをかぶって積み重なったままだった。

それに比べると、母の部屋はとてつもなくせまい4畳半。誰もひかないピアノ、父が遺《のこ》した本棚などに囲まれていて、ベッドを置けばもう身動きはとれない。

こんな、うなぎの寝床、移動したくなる気持ちもわかる。

ということで、怒濤《どとう》の家庭内引っ越しの幕が開けた。名誉ある隊長に任命されてしまったのはもちろん、わたしだ。

めんどくさいが、ホニャララを放置し続けた当然の報いだ。


家庭内引っ越しは困難を極めた。

子ども部屋はありとあらゆるモノであふれていた。わたしのバカ。よくもまあ、こんなにもいらないものばかり集めたもんだ。

なぜか2脚あってどっちも使っていないいす、さっぱりひけないエレキベース、すべての引き出しがこわれたチェスト、「これだけ読めば大丈夫！」というサブタイトルのついたそれぞれ異なる著者の参考書、出るわ出るわ有象無象の始末だけで、丸2日はかかった。モノは買うより、捨てるときの方がよっぽど手がかかる。

表層に積み重なる、大人になってから買ったものを片づけたら、今度は子どものころに買ってもらったものが、続々と姿を現しはじめた。まるで地層のようだ。

わたしの部屋は、自分で選んだものと、誰かに選ばれたもので、できていた。自分で選んだものは、気に入っている。でも、選ばれたもののなかには、気に入らないのもある。

たとえば、勉強机。

小学校に入学したわたしが本当にほしかったのは、かわいいサンリオのキャラクターがプリントされ、ランドセルをひっかけたり、宝物をこっそりしまったりできる、ひと工夫もふた工夫もギミックがしこまれた勉強机だった。

しかしこの部屋にあるのは、キャラクターの形跡などどこにもない、シンプルで洗練された無垢《むく》材の勉強机だ。

デンマークだかフィンランドだかの、伝統あるブランドものだ。勉強机だけでなく、いすも、ベッドも。

だが、子どもからしたら、洗練など余計な心遣いである。洗練のせの字すらない、チープなゴチャゴチャ感こそが子どものあこがれなのだ。幼かったわたしは、父に訴えた。

「こんなんイヤや。もっとピンクでキラキラで、かわいいのがほしい！」

「アホか。そんなんすぐあきるぞ。こっちの方がええぞ、みんなもってへんからな」

一蹴《いっしゅう》され、わたしは下くちびるをかんだ。みんながもってないものじゃなく、みんながもってるものがほしいのに。

「奈美ちゃんに、おもちゃのおみやげ買ってきたるわ！」

ドイツへ出張に行くという父の言葉に、わたしの目はらんらんと輝いた。頭のなかを、テレビＣＭの数々がかけめぐる。なにかな、なにかな。ラメ入りのアイロンビーズかな。お手するロボット犬・プーチかな。なりきりメイクセットかな。

奈美少女は、くる日もくる日も窓際でほおづえをつき、思いを馳《は》せて、父の帰りを待った。

「ほら！　こんなん、日本に売ってへんやろ！」

父が選んだのは、ドイツの老舗メーカーがつくった、シックな木でできたおもちゃだった。

わたしは愕然《がくぜん》とした。ちゃうねん。そういう方向とちゃうねん。なんでやねん。なんでそうなるねん。さけびだしたくなったが、ドヤ顔の父と、よかったねと盛り上げる母を見たら、もうなにもいえなかった。


父がわたしの部屋に置いていったもの。

板が積み重なったタワーを、ビー玉がかけ下りていくおもちゃ。

ならべた木の板をめくり、裏に描かれた絵と同じ絵の板を探すおもちゃ。

木でできた熊の顔と上半身と下半身がバラバラに分かれており、貧弱なバリエーションで着せ替えを楽しめるおもちゃ。

いつか家族旅行で訪れた、年季が入った長野のログハウスのにおいがした。

待ち望んでいたものとは全然違うおもちゃで、いつもしぶしぶ遊んだ。

しかしわたしは与えられた環境の中でなんとかかんとか、楽しめる才能があった。仕方がないから、来る日も来る日も、木の板で絵合わせをして極めた。木の破片絵合わせ選手権大会があったら、西日本代表くらいにはなれる自信がある。

ただ、遊びにきた同年代の友だちに「熊の上半身と下半身を組み合わせて遊ぼう」と誘ったら、もれなくポカンとされた。ショックだった。

子どもがほしいものと、大人があげたいものには、マリアナ海溝より深い隔たりがある。

話が長くなってしまったが、部屋を片づけていると、そういう思い出を放つ品物が山のように発掘された。もうおもちゃなんて使わないし、捨てようか。拾い上げて、手を止めた。

捨てられなかった。

あんなにも、ほしかったものとは違うはずなのに。少しずつ大きくなったわたしは、少しずつ使えるお金が増えて。父や母からもらったものの上に、最新のゲーム機や、流行りのアクセサリーを積み重ねていったのに。

どうしてあのとき父は、わたしがほしくないものを選んだんだろう。

気になってたずねたくても、父はもういない。わたしが木でできた熊のピースを、ぱち、ぱち、と重ね合わせていると。リビングから様子を見にきた母がいった。

「うわあ、なつかしい！　パパが買ってきたやつ。あんたそれでめっちゃ遊んでたなあ」

「ほんまはテレビでＣＭやってるようなおもちゃがほしかってん」

「ああ……パパ、奈美ちゃんには本物をあげるんや！　っていってたからなあ」

「本物？」

母はごそごそとクローゼットを探り、アルバムを取り出す。10冊以上あるそれを開いてみると、すべて見慣れない街の写真だった。家族旅行とはちょっと違う。レンガづくりの建物、吸いこまれそうなほど深い緑色の森、路面に開かれた市場を行き交う人々。日本じゃない。

「ドイツ？」

「めっちゃよかったらしくて、出張から帰ってきてもずーっとドイツの自慢ばっかりしてたわ」

「ああ、そうやったな」

「ドイツって、古い建物も職人さんが大切にちょっとずつ修理して、できるだけ伝統のあるデザインを残しながら使うんやって。それにあこがれてたみたい」

父は、古いマンションをオシャレにリノベーションする仕事をしていた。

「たしかに、めっちゃきれいやなあ」

写真は100枚を超えていた。父はきっと、夢中でシャッターを切ったのだろう。

ひときわにぎやかそうな様子の写真があった。クリスマスマーケットだ。城塞《じょうさい》に囲まれた旧市街。おもちゃ箱をひっくり返したみたいな出店の数々。職人が手づくりした、かわいい木のおもちゃを、かかえて帰る子ども。

丁寧につくられたそのおもちゃは、きっと大切にされるのだろう。子どもの成長を、思い出と一緒に、家で見守ってくれるのだろう。なんか、それって、いいなあ。

ハッとした。

父は、自分が美しいと思うものを、わたしに触れさせたかったのか。言葉にする代わりに、父は家具やおもちゃを選んだ。

「あんたは、他のがほしいっていやがっとったみたいやけど」

母は苦笑いした。

「うん。でも、いまはこれのよさがめっちゃわかるわ。買ってくれてよかった」

よかった。

少なくともいまのわたしは、父が大切にしていた考えを、大切にしようと思える。父はもういないけど、父の美学は、わたしが道を見失ったとき、そっと支えてくれる杖《つえ》になる。

いい部屋というのは。暮らす人と、見守る人の、愛しさが重なりあってできている。わたしの子ども部屋は、とびきりいい部屋だったといえる。


数日後。

無事に家庭内引っ越しを終えた母から連絡があった。

「快適やわあ」とそえられた部屋の写真には、母の好きなものが全部盛りになっていた。観葉植物、アロマディフューザー、シャドーボックス。わたしが好きなものであふれていた部屋が、今度は、母が好きなものであふれる部屋になっていた。

でも、そこにわたしの美学も残っている。

「あんたが大好きやったカエルのぬいぐるみもクローゼットから出てきたから、お風呂に入れてきれいにしといたで。この子めっちゃかわいいな、名前つけよか」

いい部屋だ。

弟がひとりで美容室に行ってて、姉は腰を抜かした

弟のふとした行動に、ものすごくびっくりすることがある。

「あんた、ほんまはわかってたんか」と、問いただしたくなることがある。どう説明したらいいだろう。お腹《なか》のなかにいるわが子に語りかけていたら、その子が大きくなったときに「覚えてるよ」と話し出すような。そのむかし助けたツルが、恩を返すためにはた織りにきたような。

弟には悪いが、このびっくりには、とても失礼な意味がある。

「まさかそんなことはないだろう」と弟を低く見積もってみくびっていることと、セットなのだ。それもかなり長い期間。だから弟は、びっくりしているわたしを見ると「わかってるに決まっとるがな、奈美ちゃんはひどいわ」

とでもいいたそうに、あきれた顔をする。

ひどい姉なりにも、いい訳させてほしい。

弟はむかしから、みんなが上手にできる大抵のことは、みんなより下手だった。うまくしゃべれない、はやく走れない、文字を覚えられない。それでも弟が、まったく悔しそうでも、さみしそうでもなかったのは、とにかく弟がいいやつだからだ。いいやつになるっていうのは、ひょっとすると、勉強より運動よりむずかしい。いいやつは、どこへ行っても好かれる。

そんなわけで、いいやつの弟は「競争すること」「比べられること」「ふつうでいること」から、かぎりなく遠ざかって生きていた。弟はいいやつとして元気に生きているだけで、世界の期待にこたえている。本当はみんな、そうなんだけどね。

競争や比較がよい方向に働く場面はある。ちょっとした成長も、順位や数字や評価になると、見えやすくなる。弟の場合は、成長を数字ではかる機会があまりないので、見えづらかった。

数字の代わりにぼやっと見えたのは「なんかいつのまにか、ひとりで学校に行けるようになったね」「よくわかんないけど、静かに電車乗れるようになったね」という、ざっくりで、ゆっくりで、おおらかな成長のみだ。

たぶん、わたしはどこかでずっと小さな子どもを見るような視線を、弟に向けていた。そんなわたしが急に成長を見せつけられると、腰を抜かすほどびっくりしてしまう。

ここ最近のことだと。

弟はあまいジュースやアイスばっかり飲んで食べていたはずなのに、この間一緒にスターバックスコーヒーへ行ったら、イングリッシュブレックファストティーを頼むようになっていたとき。

チェック柄のネルシャツの内側には、ちゃんと無地のTシャツを選んであわせて着ていたとき。

父が息をひきとった病院を車で通りがかると、「パパ、あっちで、元気かな」って空を見上げていったとき。

母がツイッターで、こんなことをつぶやいていた。

小学生のころからお世話になっている美容室へ、良太はひとりで行けるようになりました。うれしそうに帰ってくる良太はどんな楽しい時間を過ごしてきたんだろう。ちなみに、良太の髪型は漫画『宇宙兄弟』のキャラクター南波日々人《なんばひびと》の真似をしています。


ひとりで、美容室へ行けるようになった……だと……？

しかも、ひいきのキャラクターに似せるオーダーまでしている……？

母はなぜ、そんな大事件をLINE《ライン》で娘に伝えるより先に、Twitter《ツイッター》で全世界に発信しているのだ。あわてて母に裏を取るため電話すると「前からひとりで行ってるから、知ってるんやと思ってた」とアッサリいわれた。実家をはなれるだけで、浦島太郎状態になるとは思わなかった。

なぜわたしがこんなにびっくりしているのか、みなさんにもわかってもらうには、わが家の長い歴史から語らなければならない。弟の髪の毛は小学校低学年くらいまで、母が風呂場で切っていた。

感覚が過敏な弟は顔のまわりを触られることを、極端にきらった。「髪を切るから」といっても、もちろん意味なんてわからず、おびえてさけんでパニックになった。

「おまえはなんだ、ウナギイヌか」

父が思わず口をすべらせるくらい、弟はウネウネと身体をよじり、意地でも逃げようとした。それを母がひざの上で、ゴリラのごとき腕力でとらえる。死闘の末、弟はファニーなざんばらヘアーになり、グッタリするのだった。どうでもいいが、なぜウナギではなく、ウナギイヌだったのか。父はどこにイヌ要素を見いだしたのか。

その手段も弟の身体が大きくなると、次第に母がおさえきれず、使えなくなった。

どうしたものかと母が困り果てながら、神戸の〝こべっこランド〟という、ダウン症の子どもたちが療育で集まる施設をおとずれると、同じ建物に当時はまだめずらしい子ども専用ヘアサロンがあった。ガラスの外から中をながめると、わんぱくそうな小さい子どもが、スーパーカーを模《も》したいすに座り、ひとり一台用意された液晶画面に映るアニメに夢中になりながら、髪の毛を切られていた。

一瞬ためらった母は、ここならもしかしてと弟の手をひいて飛びこむ。

「あのう、この子、もう小学校中学年なんですけど、切ってもらえますか？」

店員さんは、キョロキョロして落ち着かない弟をちらりと見て、いった。

「もちろんです、いらっしゃいませ！」

母いわく、その美容室の店員さんの施術は「魔法のようだった」そうだ。

まず、弟には真っ赤なスポーツカーの席が与えられた。遊園地のゴーカートのようにハンドルまでついていて、弟のテンションは急上昇した。いまでも弟が、車を見るたび「それ、いくらですか？」と運転手へ果敢《かかん》にたずねるくらい好きなのは、この影響だとわたしは思っている。

そして席につくと、アンパンマン、ドラえもん、と弟が食い入るようにみるアニメが次々に再生された。

シャンプーはめちゃくちゃあまそうな、いちごのにおい。リンスはホイップクリームのにおい。頭がたちまちクレープになる。

とどめに店員さんは、弟をほめちぎった。

「えらいねえ！」「かっこいいねえ！」「お兄さんだねえ！」

弟はほめられるのが大好きなのだ。まんざらでもない顔をして、とにかく上機嫌であった。ウナギイヌを必死に確保していた母はなんだったのか。わたしはこんな簡単なことでほめられる弟がうらやましく、「わたしはもっとお姉さんですけど？　お会計もひとりでできますけど？」と濃いめのアピールをした時期もあった気がする。

あまりにも弟が楽しそうだったので、その美容室には姉弟でお世話になった。無事に髪を切り終えると、小さな缶ジュースがもらえるのがうれしかったのを覚えている。そこで弟は、顔のまわりをいじられるのも、髪を切られるのも、こわくないと学んだ。学ぶには、５年くらいかかったけど。

中学生になってから2年ほど、弟の散髪事情は予期せぬ暗黒期に突入する。母が病気で入院したので、美容室に弟を連れていくのは祖母の役目になったのだ。家から歩いていける、田舎の１０００円カット専門店に。

祖母は運転免許をもっていないから遠出できないのは仕方がない。

1000円カット専門店が悪いわけでもない。

問題は弟の髪質が剛毛すぎたことで、昭和の大工もびっくりの大角刈りになってしまったことだ。

角刈りではない。大角刈りだ。前髪がひたいの前に突き出て、後頭部は東尋坊《とうじんぼう》のごとく絶壁、もみあげにいたってはきっちり直角であった。

その1000円カット専門店は、細かいオーダーができないお店だった。たくさんのお客がひかえているので、マニュアルを一律で守って切る。つまり弟は、角刈り一択だ。弟のあだ名がわたしのなかで「大将」になった。

母が元気に退院し、わたしは実家をはなれ、暗黒期は終わりを告げる。

弟は、母が通っている美容室におこぼれで連れていってもらうなど、いわゆる「大人のオシャレ仲間入り期」がはじまる。

最終的に5年前からいまは、駅前にある夫婦経営の小さな美容室へ通っている。大角刈りも卒業し、弟の髪質を活《い》かしたソフトモヒカンスタイルになった。

「あの駅前の美容室、めっちゃませまくない？　オカンの車いす、入られへんやん」

　わたしが聞くと、母は答えた。

「それがな、わたしは車に乗ったまま、彼を送り届けるだけでええねん。美容師さんが外に出てきてくれて、オーダーとか料金とかをわたしに教えてくれるんよ」

　美容室のドライブスルー化である。

　いや、正確には弟を店へ放りこんでいるので、スルーしているのは母だけだが。融通がきくのは本当にありがたい。それもこれも、弟がいいやつだからだ、とわたしは信じている。人間、いいやつでありたいものだ。

　いまや弟はひとりで５０００円をにぎりしめ、店に入り、髪型のオーダーを伝え、会計をして帰ってくるのだというから、おどろきだ。

　ちょっとずつ成長をしているのは知っていたが、まさか、弟がひとりで美容室に行ける日がくるなんて、想像したことがなかった。よくよく考えると、そんなに大層なことではないんだけど、いざ光景を目にするとびっくりする。

ええやつの弟を歓迎してくれた、ええやつの美容師さんたちには、このすばらしいサプライズに心からのお礼を伝えたい。あまりにもびっくりしたので、実家に帰省したとき、弟にいろいろ質問してみた。

「いま、髪の毛切りに行くの、好き?」

「すき　かっこいい」

「いくらで切ってもらってるん?」

「5000円」

そのとき、弟の手の形が明らかに「ゼニ」のポーズになっていた。大阪人がよくやるあれだ。そんなん、どこで覚えたんや。

姉はふたたび、腰を抜かしそうになった。

東京でひとり暮らす話

東京は火の用心、恋用心

いつのまにかゴールデンウィークがはじまって、おうちキャンプとか、おうちパンづくりとか、お家《うち》時間をどっぷり味わう人もいるみたいね。わたしも絶賛、味わってます。

引っ越し。

これほどのお家時間はないでしょうと。
寝ても覚めても、お家のことばっか考えてっからね。寝るときも覚めるときも病めるときも考えすぎて、ノイローゼになりそうだけど。つめてもつめても、終わんねえの。目の前に服の山が、いつまでも、いつまでもへらないの。

引っ越し業者を決めるのも「1秒で50社以上の業者に一括見積もり！」をうたうサイトに登録したら、なんか、電話、止まんなくて。朝も昼も夜も、スマホがずっとふるえてる。

何回か意を決して出てみたら「ざっと5万円から15万円ですね」っていう天国or地獄のごとき大博打《おおばくち》見積もりがしれっと提出され、浄水器とかエアコンを勧められる。おばあちゃんちから自宅に帰るときなみに、いらんものを無限にもたされる。わたしゃ引っ越すというとるやろが。断っても、断っても、Wi-Fi機器と光回線をしつこく勧めてくる。コンピューターおばあちゃんか。

うんざりして対応しきれず、候補から外した引っ越し業者を着信拒否したら、今度はメールが山ほど届くようになり、受信トレイが埋まった。もうゆるして。

ギリギリのギリで引っ越し業者も日程も決定し、この1週間はひたすら段ボール箱をつくり、ひたすらモノをつめ続けている。

できるだけ無心で取り組んでいるつもりが、やはり3年という月日を東京で過ごしたヤツらなので、手にとるたびにそれなりの思い出が浮かんできた。東京への置きみやげとして、ここで書いておこうと思う。


2年くらい前、ベンチャー企業の会社員でヒイヒイいってたわたしは、めずらしく長いお休みがとれたので、沖縄へひとり旅行としけこむことにした。むかしから飛行機を使って旅に出ると、いつもなにかが起こる。ミャンマーのヤンゴン空港でスパイだと疑われて警察に両脇を固められたり、羽田空港のトイレで札束の入ったリュックを拾って大騒ぎになったり、新千歳空港で同姓同名の人とチケットを取り違えられて危うく縁もゆかりもない阿蘇くまもと空港に飛ばされそうになったり。

このときもそうだった。大型の台風がとつぜん、東京に向かって北上してきたのだ。

半ばあきらめていたら、なんと、直前で台風がそれていった。長らく運休表示になっていた飛行機が、予定どおり飛べるとわかったのは、出発前日の夜だった。ラッキーだ。

「おっつかれさまでーす！　明日からお休みいっただっきまーす！」

るんたるんたとはずむ足取りで退勤し、当時住んでいた品川区のマンションに帰ってきたら、閑静な住宅街のはずなのにやたらとさわがしい。見上げれば、夜なのになんだか、空が赤い。

わたしのマンションが、煙を上げて燃えていた。

えっっっっっ。

パジャマ姿で呆然《ぼうぜん》とながめているカップルがいたので、声をかけた。

「あのっ！　ここに住んでる者ですけどっ！　どうしたんですか！」

「あー……や、なんか俺らもわかんなくて。火災報知器が鳴って、あわてて出てきました」

彼氏が困ったように、ひきつった顔で笑う。

「でも、もう消火したんじゃないかな」

マンションを見ると、２台の消防車がホースを伸ばし、３階のベランダから角部屋に向かってガンガンに放水していた。白く泡立った消火剤でベランダの原型が見えないくらいベッシャベシャになっていたが、火の手は見えない。

「ああ、本当だ」

「ね、よかった」

まあ、そこ、うちの部屋のとなりなんですけどね。よくない。全然、よくない。

エアコンの室外機が、お亡くなりになっていく悲鳴が聞こえる。スーツケースにつめてもっていくために、洗ってベランダで干していた浮き輪なんて、たぶん水圧でどっかにふき飛んだ。夏の思い出、フライアウェイ。

しばらくしたら消防隊員の人が、

「住民のみなさんはもう入っていただいて大丈夫です！」

といいにきてくれたので、みんなでぞろぞろ列になって、部屋にもどった。火元であるわたしのとなりの部屋は玄関の扉が全開のままで、ちょっとのぞいてみると、新築で真っ白なはずの壁が、ススで真っ黒になっていた。消防隊員と警察官が、なかでなにやら事情聴取らしきことをしている。部屋にもどるふりをして立ち止まり、わたしは耳をすませた。

「ええと、じゃあ、リビングの真ん中で焼きいもをしていたと」

リビングの真ん中で、焼きいもを！？！

「それで、火がついたままコンビニに行ってる間に、燃え広がっちゃったんですね」

火がついたまま⁉　コンビニに⁉

予想もしていない事態に、わたしの脳はたちまちフリーズしてしまった。人間なにがどうなれば、リビングの真ん中で焼きいもを焼いたままコンビニに出かけられるんだ。たき火なのか、オーブンなのか、焼き方は知らんが、ともかく焼いてる途中に「焼きいもにはバターとはちみつだよね♪」と思い出し、買いに外へ行ったというのか。なぜ火を消さなかった。火を絶やしたら、熊や野犬にでもおそわれるのか。

秋の満月にやられたか、もしくは、ストレス社会でおかしくなってしまったとしか考えられない奇行である。

でも、まあ、おかしくなる気持ちはわかるよ。ここ、リビング5畳の1Kなのに、11万円だもんな。出社して、寝るだけの部屋だよ。

「すみません、あとから大家さんから説明があると思うので、部屋にもどってください」

かくれているわたしに気づいた警察官から、即座に追いはらわれた。わたしの部屋に入ると、ススと煙のにおいで鼻がつぶれそうになった。

けが人はいなかったし、犠牲になったのもせいぜい浮き輪くらいだし、沖縄へも行けることを思えば、幸いだったのかもしれない。そう自分にいい聞かせながら、ベッドへ腰を降ろす。

壁側のコンセントに接続していたスーパーファミコンのアダプタが熱でとけているのが目に入った。ささっていたソフトは、よりにもよってボンバーマン2だった。

弁償してもらうとしても新品がもう売ってないゲームソフトの扱いってどうなるんだろうと気をもみながら待っていたが、ついにオーナーさんからの説明はなく、火事など最初からなかったかのようなふるまいに、悲しみの行き場をなくしたわたしは一連の出来事をツイッターに投稿して鎮魂《ちんこん》を図ったのだが、勤めていた会社の役員から即座に「そういう投稿は差しひかえてほしい」と強めにしかられ、ものの数分で消した。

すべては秋の夜長に散っていった。


そのマンションに住んでいたときが、東京で暮らしていて一番しんどい時期だったかもしれない。自己肯定感が大阪の天保山《てんぽうざん》より低かった。

当時つき合っていた彼氏も、友人にいわせれば「男の片すみにも置けん、最悪の人間」だった。お互い、なぐるわけるわの取っ組み合いをしてもなお、共依存でくっついたりはなれたりして、結局別れずじまいのままズルズルやっていた。仕事に加えて恋愛のストレスにまでさらされたせいか、なんだか肩までダルくなって疲れがとれず、マッサージにでも行くかとHOT《ホット》PEPPER《ペッパー》 Beauty《ビューティー》を開いたときだった。

「恋の悩み整体」というひときわトンチキな施術メニューが、目を引いた。

恋の悩み整体……だと……!?

恋の悩みも、首の痛みも、消える。いまのわたしにとっては願ったり叶ったりじゃないか。

失恋のうんたらかんたらがフワーッと楽になるようなツボを押したり、心理学とかなんとかを駆使してカウンセリングしたりしながら、優しく身体を整えてくれるに違いない。期待に胸をはずませたわたしを、指定された雑居ビルで待っていたのは。

小汚い部屋の真ん中にデンと置かれた施術ベッドと、その上に散らばるタロットと、とにかく陽気なおじさんであった。

「やあ、やあ！　ようこそ！　お茶飲む？」

小太りで、黒い制服のボタンがぱっつんぱっつんにはじけ飛びそうになっているおじさんがいう。

申し訳程度に鳴っているα波ミュージックや、水蒸気をふく無印のアロマディフューザーで演出された息も絶え絶えのリラックスムードをすべてかき消すかのような、居酒屋風のテンションの高さであった。

「えっ、あっ、じゃあ飲みます……」

「はい、どうぞ！」

渡されたのはヤカンだった。どう見たってこれはラグビー部のマネージャーがもってるやつだし、おじさんの元気いっぱいな一声はマネージャーのそれだ。ということは、わたしがラグビー部なのか。

ヤカンを受け取り、どうするかしばし迷っていると、おじさんが紙コップを差し出してくれた。そこに入れて飲めということらしい。お茶はたいへんに不思議な味がした。柿の葉茶と、ヤカンに直接油性ペンでなぐり書きされていた。

「足湯する？」

「足湯とかあるんですか」

「あるよ。いや、メニューにはないけど」

どういうこと？

「今日はね、ヒマで時間あるから、足湯をサービスしてあげる！　ラッキーだね！」

やはり居酒屋風のテンションであった。おじさんは、ひとむかし前のバラエティで天井から降ってきそうなタライをもってきて、そこに別のヤカンからお湯を注ぎ、足をつけろといった。

「それで、お姉さんは恋の悩みがあるんだね」

「はっ、はい」

「じゃあまず、それをタロットで占いますから」

恋の悩み、まさかの、ツボとかじゃなくタロットで解決される流れだった。相当、占いに自信があるのだろうか。少しワクワクしながら見守っていると、おじさんはスッと本を開いた。

表紙には「はじめてのタロット占い」と書いてあった。

目を疑った。

「ああ、これね。実家を掃除してたら出てきたの。おもしろいから、仕事でやってみようと思って」

おじさんは、泣く子も黙るド素人だった。

「えーとね、じゃ、どっちの山にするか選んでください」

ひたすらに本を読みながら、ぎこちない手つきのおじさんがあやつるカードを、わたしが選んでいく。おじさんは当たり前のように失敗するので、何度もやり直しになり、気がつけば整体の時間は半分も過ぎていた。

「はい！　結果が出ました！　タロットはこういってます」

「はあ……」

「信じて寄りそえば、きっとあなたは幸せになります！　どうだ！」

どうだといわれても、なんなんだ。

というかわたしはそもそも、なんの悩みもおじさんに伝えていないことに気づいた。

「そうなんですね……どうなんでしょう……」

「大丈夫、大丈夫。じゃあ整体いっちゃおうか。どこが気になる？」

「首ですね」

「首ね」

「つき合ってる彼氏にリモコンでなぐられて、ねんざしちゃって」

あんなに朗らかだったおじさんの顔が、真顔になった。

おじさんの整体の腕は思ったより悪くなく、意外と気持ちよかった。デスクワークでわたしの肩と腰はガッチガチに固まっていたので、ゆっくり筋肉をゆるめてもらうと、血行がよくなってきたのか、首の痛みもマシになっていった。

「あのね、これはね、タロットじゃなくて、僕が思うことなんだけど」

背中をぐいぐいと押しながら、黙っていたおじさんが、つぶやいた。

「その彼氏とは別れた方がいいよ……」

おじさんの悲しそうな声が、背中から伝わってきた。どんな占いよりも、信じた方がいい生身の言葉が、この世にはある。

「これ、無料券」

「えっ!?」

「もってってよ。それで、彼氏とちゃんと別れたら、またおいで」

2週間もしないうちに、わたしはおじさんのもとを訪れた。つきものが落ちたみたいに、なんだか急にばからしくなって、彼氏とさっぱり別れたのだ。タロット占いはメニューから消え失《う》せていた。

1年ほど通ったが、おじさんは会うたびにタガが外れていき、

- 5分の1の確率で一升びんの泡盛が当たるくじ引き
- ぜんぜん知らん他人と同室でおしゃべりしながらペア施術をするキャンペーン
- Uber Eats《ウーバーイーツ》でオードブルを頼んで、パーティタイム整体
- おじさんが執事になりきってわがままを聞くお姫様プラン

など意味不明なメニューでてんこ盛りになり、最終的におじさんは「ちょっと経営厳しくてね…健康ランドでバイトすることになったよ…」とさびしそうに報告したのち、店をたたみ、それ以来会えなくなった。

おじさんがいまどこでなにをしているのかは知らないが、どんな理由があれ、なぐってくる恋人とはすぐに縁を切った方がいいし、自己肯定感を軽率に下げてくる人間とも距離を置いた方がいい。

わたしが大都会で最初に学んだ、大切なことだった。

銀河鉄道と三匹の夜

宮沢賢治の『銀河鉄道の夜』を読んでいた。

あす、彼について書評家のかたと語り合うのだ。一言一句、珠玉のことばたちを逃してなるものかと。鉱石や鳥たちが息づく美しい文章を、両の眼《め》からダバダバとポカリスエットのように取りこんでた。タップタプと。

そんなこんなで、目と肩が壊滅的なダメージを受けまして。故障も故障で、今シーズンは絶望的。悪いところに煙かぶったら治るってうわさの浅草寺《せんそうじ》へ行き、両目かっぴらいて煙でいぶすしかねえと、そう思ってたら。

「予約のとれないヘッドスパが、いまならキャンセル待ちですべりこめるらしい」っていう、うわさを聞きまして。

半信半疑で口コミサイトを開くと「快感の絶頂で眠りに落とす」とか「どんな大人も10分で眠らせる」などと書いてあった。

予約が数か月先まで本当にとれないらしくて、表示されているカレンダーの満席表示をながめていたら、突然、ひと枠だけ空席になった。

それが明日の朝一という、ジーンズにねじこむかのごときタイトさだったけど、自由なだけがとりえのわたしは行けるので、行ってきた。

お店に着いてドアを開け、目の前に広がった光景をとりあえず順番に書き残す。『トリビアの泉』でしか見たことがない金色の巨大な脳みそのオブジェに、電極がささってる。ユニバーサルスタジオジャパンのエントランスでかかっているはずの音楽がなんの違和感もなく流れてる。四方八方の壁にはギラギラした巨大な歯車と宇宙が広がる。

視界に流れこむは圧倒的な大阪感。これ、大阪でもファンキーめなオバンがやってる個人商店とかの情報量の多さなのよ。

「いらっしゃいませ。はじめてのお客さまですね。当店のマッサージは頭のもみほぐしを中心に行っていき、オイルやシャンプーなどは使用しませんので」

迎えてくれたセラピストのお姉さんが、わたしの目をじっと見つめながら、ものすんごく丁寧に説明してくれる。申し訳ないが、まったく頭に入ってこない。

すぐ後ろのモニターに、虹色のサイケデリックな多次元空間でオーバーリアクションしながら同じ説明をくり返す、スキンヘッドの陽気なおじさんが映ってるから。これからリラックスしてマッサージを受けようとしてる頭の内側が、大混乱している。彼は誰なの。そこはどこなの。


「ベッドのある地下1階へお連れしますね」

お姉さんに連れられてエレベーターを降りると、夜空を模《も》した天井に電球の星がまたたくフロアに到着した。

厚めのパーテーションで区切られた個室のベッドに寝かされて、お姉さんがまず肩やデコルテから強さを確かめるように、ゆっくり押してくれる。

このときのベッドが、すでに気持ちいい。最高。

なんかちょっとだけゆれてる。雲の上って感じ。乗ったことないけど。

施術が終わったあとにじっくり設備を見たら、どう考えてもゆれるような仕組みのベッドに見えなくて。わたしが勝手にゆれていた可能性がある。強烈なアル中でいつも小刻みにゆれていた、うちのじいちゃんを思い出した。

「頭をほぐしていきますね」

快楽の時間が始まった。

こめかみのあたりから、頭頂部にむかって、ぐっぐっとお姉さんの指が当たっていく。わたしのガッチガチの頭皮が、うどん粉のようにほぐされていく。

ぶっちゃけ、最初はそこまで気持ちいいわけじゃなかった。あの口コミどおりなら、触られた瞬間に、よだれをまき散らして白目をむくくらい気持ちいいのかと思ってたら、まあ、ふつうに気持ちいいかなってくらい。口の両はしがちょっとゆるんで開くレベル。

（なんだこんなもんか……でも気持ちいいな……めっちゃほぐれていくな……あれっ……これどこまでほぐれるの……？　えっ、えっ）

気持ちよさの上限がないぞ、とわたしはおどろいた。

ふつうマッサージって、コリがとれたら、気持ちいいのが終わって、痛くなったりするのに、それがない。青天井。気持ちよさのゲージが、ぐんぐんと上がっていく。

なにをされているのかわからなくなっていく。


気がついたらわたしは、銀河鉄道に乗っていた。

唐突にもほどがあるが、つまるところ、夢を見ていた。

「大人を10分で眠りに落とす」といわれたら、あらがいたくなるのが人の性《さが》。手術前の麻酔にも、抵抗してみる人、結構いると思う。でもムリだった。たとえるなら、夢と現実の継ぎ目がなかった。

意識がうすいところでずっと続いてる。頭をほぐされてる感覚はずっとあるのに、目の前の景色だけが変わっていく。明晰夢《めいせきむ》ってやつなのかしら。いつもみたいに眠りに落ちたらブツッと意識が途絶えるのではない。一番気持ちいいなと思うところで、夢が始まる。まぶたの裏で映画が上映されるみたいにスムーズに。

銀河鉄道の夢を見たのはきっと、直前まで宮沢賢治を読んでたからだ。これはすごい。あんなにあこがれた美しい物語の中にいる。うれしくてうれしくて、涙が出そうになった。

小さなオレンジ色の電とうがならんだ車室、ずらっとならぶ客席には深海色のつやつやしたビロードが張られていて、窓の外には星くずや惑星が光っている。

わくわくした。ここから夢にまで見た旅がはじまるのだ。夢だけど。

席は、4名がけのボックス席だった。わたしがもっている乗車券（なぜかJR東海の切符とデザインが同じだった）に、席番号が書いてある。ガタガタゆれる車内を歩いて、そこへたどり着くと、すでにボックス席には3人の先客がいた。

スーツ姿の男性だ。

これは。

『東京カレンダー』的な大人の展開になるのではないか。わたしの心は躍った。

「ちょっとすみません、すわらせてください」

声をかける。

あれっ、ふり向いた横顔がちょっと、お年を召していらっしゃるな。でも銀河鉄道にしぶいイケオジっていうのも悪くない。むしろよい。

「ええ、ええ、どうぞ。通路側ですけれど」

3人とも、肩パッドの入ったそろいのスーツ。ひとりは大きなメガネをかけている。どことなく、四角いシルエットが残る髪型。こんな登場人物が宮沢賢治の世界にいただろうか。思い出せない。

でも、どこかで見た気がする。

あっ。

レッツゴー三匹だ。

ここで一度、わたしは目を覚ました。視界はパーテーションで区切られた、黒い天井にもどる。お姉さんは頭をほぐしている。

気持ちよさがかき消えるくらい、びっくりしていた。なぜレッツゴー三匹がいるんだ。昭和の漫才トリオだぞ。リアルタイムで見た覚えなどない。なんかむかし、キムタクが出ているドラマで名前だけ聞いて、気になって一度か二度だけ検索したくらいだ。

3人の名前すらわからない。自己紹介で三匹目（という数え方があっているのかもわからないが）が「三波春夫でございまあす」というのだけは知ってるが、そもそも彼の名前が三波春夫なのかすらもよくわからない。

銀河鉄道にレッツゴー三匹をマリアージュさせてくる、自分の頭の仕組みが信じられなくなった。夢占いをできる人がいたら、どういう暗示なのか聞いてみたい。混乱しているうちに、お姉さんは後頭部のもみほぐしに取りかかり、そこでわたしは再び眠りに落ちた。


なんともう一度、わたしは銀河を走る列車に乗っていた。夢の続きだ。

レッツゴー三匹も乗っていた。

もう逃げられないのだと悟った。波止場と石原裕次郎はセットであるように、銀河鉄道にはレッゴー三匹がセットなのだ。

せっかくほうき星やオリオン座を列車が横切っていくのに、レッゴー三匹はまったく景色に目もくれず、ずっとゲラゲラクスクスと笑って話しこんでおり、わたしは長いことイライラしながら、ほおづえをついて車窓をながめていた。

三匹目の彼がやたらと姿勢よく、座高を高くしてすわっているので、通路側のわたしからは、どうやっても白鳥の停車場が見えなかった。つらい。

「外を見ないなら席を代わってくれませんか」

わたしは勇気を出して、いった。

レッゴー三匹はおのおの顔を見合わせて、ニッカリと笑った。

「僕たち、もうすぐ降りるので、楽しみなさいよ」

背中のあたりに気持ちのよいなにかが沈みこむ感覚があり、夢から現実にもどっていく。正体のわからぬ無性な切なさだけが、おでこの奥辺りでいやな後味のようにジワリと広がった。

彼らの談笑に加わる決心ができなかったからだろうか。四匹目になるチャンスを、みすみす逃してしまったからだろうか。後悔の内訳はわからない。

「はい、それでは頭に冷たいスプレーをして、終わりますね」

お姉さんの声と、ジュワッという音。段々と頭がさえてくる。

「お疲れさまでした」

そういわれて、起き上がる。

えっ。

「いかがですか?」

お姉さんが問いかける。

「目が……目が……見えます……」

おどろきすぎていて、逆ムスカのような発言をしてしまう。

きりの中みたいにぼやけていたわたしの視界が、はっきり、くっきり、している。明らかに目がよくなっている。メガネいらんのちゃうか、と思えるくらいだった。肩も軽い。頭もスッキリしていて、てっぺんに向かって、頭が深呼吸をしているような。

よろよろと立ち上がりながら、くつをはき、1階のパウダールームにもどった。お姉さんにうながされ、アンケートを記入する。そこに、こんな質問があった。

「もし覚えていたら、ご覧になった夢を教えてください」

わたしは選択肢のひとつ「旅に出た」に迷いなく、丸をつけた。

サロンとはなにもかもが正反対の、やかましくてまぶしい繁華街にくり出す。すっかり夜になってしまった空を見上げてみる。

さっき見えなかった白鳥の停車場が、この両目なら、見える気がした。レツゴー三匹はいまごろ、サウザンクロスに着いただろうか。

寿《す》司《し》屋《や》でスマホが割れてたから

「どうしてスマホの画面が割れてるのに平気なの？」

カウンターで、となりの席にすわっていた男がいった。

カウンターといえば寿司屋だ。そうここは寿司屋。

わたしのような貧乏性の貧乏人には、たとえウニをからごと飲みこむ芸を見せようが、足をふみ入れられない超高級寿司屋なのだ。

知り合いの社長さんが主催する食事会に急きょ欠員が出たらしく、浅ましく「エッヘッヘッ、寿司食わせてくださいよォ、まわらない寿司ィ」ともみ手で頼んだところ、なんの気まぐれかで連れてきてもらえた寿司屋なのだ。

いつもわたしが回転寿司で食べるハンバーグ寿司やマヨコーン寿司などの

陸上寿司とは一線を画す、超一級品の海中寿司たちが目白押し。手間ひまかけてあぶられたキンメダイを食べたり、ハモの茶碗蒸《ちゃわんむ》しをできるだけへらないようチビチビすすったり、キラッキラの中トロを口の中でとかしたりするのに、わたしは忙しい。こんなやぶから棒の男にかまっているヒマはない。

「平気っていうか、いまは寿司を食うのに忙しいので」

「いまじゃなくて、普段の話だよ！　割れてるスマホを人に見られても君は平気なの？」

スマホはカウンターのすみに、無造作に出したままだった。めったに食べられない寿司たちを撮影し、インスタグラムにでものせ、ろくに連絡もとってない地元の有象無象どもに見せびらかしてやろうと思ったものの、あまりのうまさに前頭葉をやられて撮影をあきらめていた。放置されたスマホの画面はバキバキに割れている。彼はそれを見ていた。

問われている意味がよくわからなかった。

「平気じゃないことってあるんですか？」

「俺は画面が割れたら、すぐに修理しにいくよ」

「なんで？」

「なんでって、画面も見づらいし、使いづらいじゃん」

「まあそうですけど、いうほど不便じゃないし」

「割れてる画面を他人に見られるのもいやだな」

「どうして？」

「恥ずかしいから」

衝撃を受けた。スマホが割れていることで、恥ずかしいと思えるほど奥ゆかしい人がこの世にいるのか。

「ど、どういう理由で恥ずかしいんですか？」

「こすっちゃったり、へこんだりして傷のある車をそのまま運転してる感じかな」

彼もまた、言葉を慎重に選んでいた。お互いに疑いもしない常識がある前提での会話なので、まず言葉にならない言葉を深層心理から見つけ出す作業が必要なのだ。

名店の寿司屋で、未知の文化圏同士の奇跡的な邂逅《かいこう》が起きている。

「だらしない人って思われるのが恥ずかしいのかも」

「ええ??　っ?」

わたしは、スマホが割れて恥じる人々の思考を想像してみた。

割れたスマホを修理せずに放置しているのは、めんどくさがりか金がないのか、まあなんにせよズボラな人間だ。そんなヤツはきっと、酒を飲んで家に帰りゃ玄関でくつをだいて眠り、友人の結婚式にはうっかり両替を忘れてヨレヨレの万札を祝儀袋につめこんで、一度飲み終わった番茶のティーバッグを最低でも三度は使うのだろう。スマホが割れているヤツは、きっとそうに違いない。


そんなわけあるか。


ひととおり想像し終わって、わたしはため息をついた。

「なんていうか、そんなちっちゃいことを気にしてて生きづらくないですか?」

直前に大トロを食ったのがよくなかった。気が大きくなっていた。コハダくらいだったらよかった。気づけばわたしはひとまわりもふたまわりも歳上《としうえ》の彼に、ド失礼なことをいい放っていた。

彼はキョトンとしたあと、ゲラゲラと笑った。

「岸田さんいいねえ！　ちょっと相談があるんだけど」

彼はＭＢＳのテレビプロデューサーで、水野さんといった。帰って調べたら、ヒット番組の名前ばかりズラッとならべて記載されているWikipedia《ウィキペディア》まであった。ちょっと、ちょっと。なんなのよ。

かくしてわたしは、『平気なの⁉って聞くＴＶ』というテレビの特番で、人生初の密着取材を受けることになったのである。密着取材ともなれば、身のまわりの人たちにすぐさま報告がいる。わたしは母に電話をかけた。

「あのな、今度、ＭＢＳの特番で取材してもらうねん」

「うわあっ、すごいやん。近所の人らにもいうてまわらな。作家として出るん？」

「いや、それが、〝スマホが割れても平気な人〟として出るんやけど……」

電話口で母が言葉を失っていた。当然だ。まさか母も、手塩にかけて育てあげた娘が、そんな不名誉なくくりで全国につるし上げられるとは思っていなかったはずで。そして母は、絶対にスマホを割らない、几帳面《きちょうめん》で慎重な人だった。

「親の顔が見てみたいとかいわれへんかな」

「どうやろう、いわれるかも……」

「そっかあ。親の顔、出す準備しといた方がいいかな？」

親の顔が見てみたいといわれて、見せる準備をする親もめずらしい。

そのあと、事務所に報告しても笑われ、友人に報告しても笑われた。みんな、全面的に協力してくれるということで一致した。

つるし上げられる前に、こちらから舞台の上へおどり出てやる。わたしはこの取材を通じて「スマホが割れても気にしない方が、人生は楽しい」という持論を展開するつもりだった。

真夏の昼間から取材がはじまった。

仕事、プライベート、食事、買い物、すべてカメラマンさんがついてまわる。その日は朝から渋谷へ行き、打ち合わせをしたあと、友人が開店した店に顔を出す予定だった。

わたしは、前週すでに悲劇を起こしていた。歩いている途中にスマホをコンクリートに落とし、外側カメラがまったく使えなくなった。

カメラを起動させても、画面にはなにも映らない。虚無だけが広がる。内側カメラはかろうじて使えるので、写真を撮らなければいけないときは、内側カメラを使った。

ものだけ撮ろうとしても、背面からは画面が見えないのでうまく写らない。仕方なく、ものと一緒にわたしも写るようにした。自撮りだ。友人に自分の現在地を伝えるにも、近くの建物と自撮り。目にも美しいケーキセットと自撮り。なんでもかんでも自撮り。撮らなければならなかった写真にはすべて、必要のないわたしが写りこんでいた。カメラロールは三浦大輔の自撮りのような構図で埋めつくされた。

取材の中で堂々と「スマホが割れてても、なんの不便もないんですよ！」と宣言する予定が、早くも出鼻をくじかれた。くじくどころか、骨折している。もはや消化試合のよそおいである。

「おっちょこちょいで、忘れものをよくする」「時間にルーズでだいたいあわてている」「視野がかなりせまく、水の入ったコップを頻繁《ひんぱん》にたおす」

取材を受ける中で、わたしが無意識にやらかしてしまったことだ。うっかり画面を見せたら、ＬＩＮＥ《ライン》の未読が５４６件もたまってた。

白昼堂々と失態をカメラに収められてしまったせいで、スマホが割れて恥ずかしいというより、スマホを割ってしまうようなだらしない自分が恥ずかしくなってきた。

ただひとつ、救われたのは。

密着取材中にわたしと会う人、会う人のスマホがことごとく割れていたのだ。

カラスの牧野圭太さん、ＡＮＯＢＡＫＡの森真梨乃さん、コルクの佐渡《さど》島庸平《しまようへい》さん。もれなく全員、活躍するフィールドは違えど天才的な人たちだ。

その天才たちが、密着取材中の岸田と会ってしまったばかりに「スマホが割れてる知人としてひと言ください」とカメラを向けられていた。完全な巻きこまれ事故である。

牧野さんは「こんなのなんでもないですよ。気にしたこともないです。っていうか、修理してもまた割れるかもしれないし」といった。

森さんは「これＪ〇Ｊ〇コラボのスマホなんですよ。割れてるほうが〝歴戦をくぐり抜けてきたスマホ〟って感じがしてかっこいいでしょ」といった。

佐渡島さんは「修理できるならした方がいいけど、時間は限られてるんだから、これを修理にもっていくより、優先度が高いことをやった方がいいですよね」といった。

自信を失いかけていたわたしに、力がみなぎってきた。わたしは、だらしないわたしのことをあまり信じてないけど、わたしのまわりにいる天才たちのことは信じている。

天才たちがそういっているのだから、信じていいのだ。スマホが割れていても臆《おく》することはない。

古来、傷は勲章、という言葉が残されている。

パタリロのプラズマXは「傷は男の勲章さ」と、αランダムを受け入れた。ワンピースのゾロは「背中の傷は剣士の恥」と、腹にデカい傷を受けた。BUMP OF CHICKEN《バンプオブチキン》は「そうして知った痛みを未だに僕は覚えている」と歌った。

傷はときに、大切ななにかを守った記録に、自分が存在していた証明になる。倒木のあとに新緑が息吹くように、傷跡には愛着が芽生える。ゆらぎそうになったとき、傷をなでれば、勇気すらわく。

さらぴんのモノより、傷があるモノのほうが、そこに自分の生きた証《あかし》を見いだせる。

わたしは買って読んだ本に線を引き、ふせんを貼るくせがある。「本を汚すなんて」「いらなくなったとき、売れないじゃん」と、反対もされる。それでもわたしは、とにかく書きこみたいのだ。

本をふたたび開くとき、過去の自分と対話しているような気持ちになる。あのとき、なぜこの一行が心にささったんだろうかと考える。自分の成長に気づく。

走る線を、うすくなった紙のはしを、本に残した傷を目で見て、どこかで救われている自分がいる。最近はなんでもデジタルコンテンツになっている。すごく便利だ。でも、失われてさびしいものもある。

何度も開いてヘロヘロになったCDの歌詞カード、借りものの恥ずかしい言葉と絵を刻んだノート、Aボタンの塗装が連打ではげていったゲームボーイ。そこにある傷は間違いなく、捨てられない愛着だった。

愛は、どこにでも芽生える。

割れているスマホにも。だって、割れているから「岸田さんそれどうしたの！」と初対面の人にも話しかけてもらえるし。自撮りばっかりの写真で笑ってもらえるし。スマホを落としたらたまたまフォロワーさんに拾われる奇跡が起きたこともあるし。ボロボロだから、思い切って使いたおせるし。バキバキのスマホも、意外と愛しいじゃん。まあ、そりゃ、見た目は悪いけどさ。

愛はどこにでも芽生えるのだから、芽生えさせなきゃ損なのだ。わたしはスマホが割れていても平気だ。そこへ愛を見いだしたから。勲章はわたしがわたしに与えるのだ。

その方が、生きていて楽しい。

これまでのわたしを助ける話

優しい人が好きだけど、人に優しくされるのがおそろしい

わたしには、友だちがいなかった。

世のなかにはいろんな情があれど、友情は特にすばらしい。そんなことはわかっている。世にあふれる漫画本も、トレンディなドラマも、そこらじゅうで流れてる歌も、友情はいいぞと教えてくれているのだから。

そうはいわれても、思い当たる友だちがいない。

作家になってから人と会う回数が増え、ありがたいことにごくうすい友情のようなものを何人かと結べたけど、それ以外はさっぱりだ。2年以上、友情を保てたことがない。学校の同窓会にも、友人の結婚式にも、ろくに出席

したことがない。お呼びでない。

開き直って孤高の一匹狼《おおかみ》になれたらいいけど、わたしは相応の卑屈さを搭載している、相応の人間なので、相応な劣等感にまみれている。

こんなことを書いているだけでも、恥ずかしくてたまらんわい。

みんなが口をそろえて、友情をもつことはすばらしく、友情を育てることは当たり前だというのに、それらしきものをもっていない自分は、ろくな大人になれなかったような気がする。

そもそも、友だちがいないと白状するのも、陰のある漫画の登場人物っぽいっていうか、闇の力のホニャラララとか、めんどくさがりながら世界を救う最強なホンワカパッパとか、そういうイメージがあって、かゆい。かゆいはずのない心が、かゆい。たぶん、自意識のあたりがうずいてる。

友だちをつくる機会は、あるにはあった。上手《うま》くつかめなかっただけで。

小学校でクラス替えの直後、となりの席の子に、わたしが話しかけることといえば。

「わたし、岸田奈美っていうねん。なあ、このにおいつきの消しゴム、ほしい？」

完全に露天商のそれである。

だけど相手は所詮《しょせん》、わたしと同じ子どもなので「ほしい！」と目を輝かせていってくる。むかしから、人がほしがるものを絶妙に選ぶのが得意だった。

つまりわたしは、友だちをモノで釣っていたのだ。

「よかった、じゃあうちらは友だちやね！」

ほしがってもらうたびに、友だちができたと安心した。おこづかいで買ったモノと引きかえに、友情すなわち相手の好意を確保したつもりでいた。

いま思うと、ほしかったのは好意というより、きらわれない保証だった。お察しのとおり、モノで築いた友情は、モノがなくなるとあっという間にくずれ去る。あせってさらにモノを差し出そうとすればするほど、友だちは遠ざかっていった。

たとえ子どもであろうとも人間は本能で、タダよりこわいものはない、とどこかで学ぶのだ、きっと。見返りを求めるわたしのギラギラしたまなざしは、さぞ居心地が悪かったことだろう。

なんでまた、そんな性格になったのかな。思い当たる節はある。

わたしの実家は、12階建てのマンションが11棟も密集している集合住宅で、子どもたちも密集して遊んでいた。やかましいのが30人くらい。ちょっとした軍団か賊《ぞく》である。

高学年の子どもがリーダーになり、低学年の子どもを先導して遊ぶのだが、リレーやドッジボールなどはどうしても年齢で能力に差が出る。低学年で、運動神経が悪く、障害のある弟を連れているわたしは軍団きっての足手まといだった。

「奈美ちゃんと良太くんがおるチームになったら、勝てへんからいややや！」

こういうことをよくいわれたので、わたしもわたしで、ハブられないように必死だった。率先してボールを用意し、高学年の兄貴分をおだてあげ、とにかく役に立とうとした。

そこに拍車をかけたのが、母と父から注いでもらった愛の大きさだ。わたしはふたりから、とにかくほめられたし、めちゃくちゃ愛されていた。自分に自信をもてた。それは幸せなことだ。

だけど、家から一歩外に出たら、だれもほめてくれないというギャップにおそわれる。

「家ではあんなに必要とされるのに、外ではそうじゃない。これはきっと、わたしが悪いんだ。もっと愛されるように、愛を差し出さないと！」

こんな風に思っていた。

他人から愛されないことがこわかった。母と父の愛を、裏切ってしまっているようで。

タイムマシンができたら、わたしは真っ先に、愛の切り売りクリアランスセールをしていたわたしをひっぱたきに行く。

そういうわけで。わたしにとって、誰かにプレゼントをすること、優しくすることは、愛されるための交換条件だった。

大人になって、大学生でベンチャー企業の創業社員になるという派手なことにも手をそめ、エッセイなんかも書いたりすると、人前に出ることが増えた。

「若いのに、すごいねえ」

「デヘへ、いやあそれほどでも、ゲヘゲヘェ」

ほめられることも増えた。優しくされることも増えた。

きらわれることをめっぽうおそれるわたしは、冷たい人や怒りっぽい人より、優しい人が大好きだ。優しい人に囲まれるなら、友だちなんていなくていい。

そう思っていた。

だけど、ある日突然、優しくされるのがイヤになった。

優しい人は好きだ。優しくされるのがイヤなのだ。多くの人はわけがわからんと思うだろうけど、わたし自身もわけがわからんかった。直感でイヤだった。

LINE《ライン》やSNSで「岸田さんと会えて、元気になりました」「今朝書かれていた文章、すごくよかったです」「お風邪を引いているとのこと、大丈夫ですか」「お礼に、うちの近くにあるお店のおいしいカヌレを送るね」など、いろんな関係性の人から、いろんな優しいメッセージが日々届く。

調子のよいときはしっかりと同じ文量と熱量で返せる。でもほとんどは当たりさわりなく一行だけで返すか、それすらもめんどうになり、既読スルーをして、会話を無理やり断ち切っていた。野生動物のように、急激に距離をとって逃げてた。やばすぎ。

「こんなに優しい人、おらんやろ」と太鼓判を押されている人とお茶にいっても、なんだかいたたまれなくなり、目をあわせず生返事をくり返して、そそくさと席を立った。

仕事をかかえすぎてしんどい顔をしていたわたしに「なんでも手伝うので、いってください」といってくれた後輩にも、そっけない態度をとり、突き放した。

優しさを求めていたはずが、優しさに触れれば触れるほど、人間関係に疲れ果てていく。

なんでやねん。どないやねん。

めずらしく、優しさを素直に受け入れられる相手もいた。

家族とか、ごく近しい編集者とか、片手で数えられるほどの人数だけど。それもそれで「わたしは他人の善意や好意を、選《え》り好みする最低な人間やったんか」と絶望した。求めている優しさと、おそろしい優しさの、違いがわからなかった。

注がれる優しさと失われる人間関係におびえながら、わたしは一生ひねくれたまま過ごすのかと混乱していたら、一冊の本が、魔法のように恐怖を取りはらってくれた。

その本は、近内悠太《ちかうちゆうた》さんが書いた『世界は贈与でできている』(News《ニューズ》 Picks《ピックス》 PUBLISHING《パブリッシング》)だ。

タイトルがすべてを表している。この本では、わたしたちは誰かから贈与されることでしか本当に大切なものを手に入れられず、この世界は贈与のくり返しで成り立っているということが一貫して語られている。

じゃあ、優しさも贈与なのかな。受け取れないわたしって、世界にふさわしくないのかな。

自信を失《な》くしながら読んでいると、ある段落で視線が止まった。


善意や好意を押しつけられると、僕らは呪いにかかる。

（中略）

そう、僕らがつながりに疲れ果てるのは、相手が嫌な奴だからではありません。

「いい人」だから疲れ果てるのです。


これはわたしのことだ。

善意や好意を〝押しつけられる〟とまでは思ってないけど、逃げて苦しみ、関係性まで断ってしまう衝動は、もはや呪いだ。

同時に、この一文で救われた。


呪いにかかるのは、愛と知性をきちんと備えていることの証でもあるのです。

愛と知性。わたしにとって、これほどのほめ言葉はない。わたしが悪人だから、呪いにかかるわけではなかったのだ。ちょっとホッとした。

わたしは愛の形を知っている。だから、人から注がれる愛の尊さも、それがないことの苦しみもわかる。

だけど、それゆえに、わたしは無意識な呪いにかかってしまった。

「自分が返せる自信のない量の愛を、むやみに受け取ってはいけない」という呪いに。

人に優しくされた。優しくされたら、返さなくちゃダメだ。だけど、ひとりひとりに同じ量を返すには、時間も労力もいる。5人までなら返せるけど、20人、30人に優しくされたら。

物理的にとても返せない。

返せないわたしはクズだ。

きらわれるのがこわい。

だったらきらわれる前に、逃げてしまおう!

これが優しさを追い求めたのに優しさを受け取れなかった、わたしの呪いの全貌である。書いてみて押し寄せてくる、ひどさ。
わたしも後ろめたいし、優しい人もかわいそうな、絶望のルーティーン。

呪いを解くにはどうしたらいいのか、近内さんは本の中で教えてくれた。

> 贈り物はもらうだけでなく、贈る側、つまり差出人になることのほうが時として喜びが大きいという点にあります。

たしかに、自分の誕生日を誰にも祝ってもらえないとしたら寂しい。でもそれ以上に、もし自分に「誕生日を祝ってあげる大切な人」「お祝いさせてくれる人」がいなかったとしたら、もっと寂しい。

> 宛先を持つという僥倖。宛先を持つことのできた偶然性。
> 贈与の受取人は、その存在自体が贈与の差出人に生命力を与える。
> 言葉にする必要はありません。自身の生きる姿を通して、「お返しはもうできないかもしれない。けれど、あなたがいなければ、私はこれを受

け取ることができなかった」と示すこと自体が「返礼」となっている。

相手に、優しさに見合うだけのお返しをしなくとも、ただその優しさを受け取ることに莫大《ばくだい》な意味があるというのだ。目からうろこ。

幼いころからわたしは、友だちから愛されるために、自分から愛を差し出すか、同じだけの愛を返すのが条件だと思っていた。だけど、それは「贈与」ではないらしい。無償の愛こそが「贈与」で、見返りを求めるのが「交換」だ。

わたしは他人からもらっていた贈与を、勝手に交換にメタモルフォーゼさせていたということか。それが礼儀だと信じながら実際は、礼儀どころか贈与の連鎖を身勝手に断ち切っていた。

そりゃあ、友だちなんて、できんわ。

もちろん、なかには「受け取っただけで、なにもしてくれないのかよ!」と怒る相手もいるだろう。でもそれは、贈与ではなく、交換を求めてきている人だから、仕方がない。互いを手段として使うドライな関係性にしかなれないから、怒られてもきらわれても、気にしなくてもいいかなと思った。どうせいつか切れる縁だ。

さて。贈与は、受け取ることに意味がある。

受け取ったわたしにしか果たせない使命があることも、この本は教えてくれた。

贈与は、もらった人に直接返さない方がよい。なぜなら交換になってしまうから。だけど、この世界は贈与でできている。断ち切ってはいけない。

じゃあどうすればいいのか。

またわたしが、別の人に贈与をするのだ。

好きなときに、好きなだけ。愛と知性を存分にはたらかせて。

わたしの母が、子どものころのときの思い出話に花を咲かせていたとき「人に優しくできるのは、人から優しくされた人だけやねんな」とこぼしていたっけ。優しさは、めぐりめぐって、またいつか必要なときに自分のもとへ返ってくる。もしかしたら。

最後にもうひとつ、わたしが救われたことを。

近内さんは、断言している。この世界には、贈与で世界や人々を救ったヒーローが無数に存在すると。見返りを求めないので、だれからも評価されることも、ほめられることもない、アンサング・ヒーロー（歌われざる英雄）たちが。


アンサング・ヒーローは、想像力を持つ人にしか見えません。


手に入れた知識や知見そのものが贈与であることに気づき、そしてその知見から世界を眺めたとき、いかに世界が贈与に満ちているかを悟った人を、教養ある人と呼ぶのです。

そしてその人はメッセンジャーとなり、他者へと何かを手渡す使命を帯びるのです。

使命感という幸福を手にすることができるのです。

受け取った優しさの負い目の分だけ。運よくなれた作家として。わたしには、アンサング・ヒーローを書き続ける使命があるのだと信じたい。

アンサング・ヒーローは、わたしを愛して救ってくれた家族かもしれない。励ましてくれる友だちかもしれない。たまたま出会った人かもしれない。これを読んでる、あなたかもしれない。

もしかして、人だけじゃないかもしれない。

歌わざる贈与ならば、気づいたわたしが歌えばいい。

誰かに歌われなければ、わたしが気づかなければいけない。想像力を働かせて。いくつもの胸にささる言葉をもってして。人よりも少しだけ、その才能に恵まれたわたしが、なすべきこと。

そうして、優しさのバトンを、次へ次へとつなげられるようになったとき。

わたしはようやく、友だちのいないわたしと、胸を張ってお別れするのかもしれないな。

長所と短所は背中合わせだから、光彦の幸せを願う

『名探偵コナン』という作品を知っているだろうか。

「野生児がでかいサメと戦うんだよね」と思った人は、『未来少年コナン』の冒頭の話をしているので、一旦1970年代のことを忘れてほしい。

工藤新一という高校生探偵が、黒の組織という悪役から毒薬を飲まされ、目が覚めたら小学1年生の姿になり、難事件を推理と機転で解決していくミステリー漫画の話だ。

わたしと弟は、この『名探偵コナン』がそれはもう大好きで。ゆえに、ずっと考えていたことがあった。『名探偵コナン』の世界で、一番頭がいいとされるキャラクターは誰か。

堂々の主人公の江戸川コナンこと工藤新一か。

その父親である天才ミステリー作家の工藤優作か。

はたまた、西の高校生探偵の服部平次か。

奇術と演出と発想のマリアージュが絶妙な、怪盗キッドか。

ちがう、ちがう。

わたしの見解では、少年探偵団の円谷光彦《つぶらやみつひこ》である。

知らない人のために説明すると、まずもって少年探偵団とは、小学1年生の同級生で結成するチームだ。

江戸川コナン、灰原哀、吉田歩美、小嶋元太、円谷光彦《つぶらやみつひこ》の5名からなる。

このなかでコナンと灰原だけは、毒薬の影響で頭脳は大人、身体は子どもになっており、その事実を少年探偵団の子どもたちにはかくしている。

つまり円谷光彦《つぶらやみつひこ》は、頭脳も身体も純粋な小学1年生だ。そして『ドラえもん』でいうところの、スネ夫ポジションにも近い。

それをふまえた上で、光彦の活躍を軽く説明すると。

・遊園地でジェットコースターにならぶ待ち時間を計算するため、フェルミ推定を暗算で披露。（私立中学受験レベルに該当）
・「釣果‐ちょうか」という文字をたやすく読み上げる。（漢字検定準2級、高校在学レベルに相当）
・豊富な知識と簡潔な説明力をもち、明治維新や吉田松陰に関する日本史の知識を、小学1年生たちが一瞬で理解できるようにわかりやすく説明。
・経済情報にも通じており、東都水族館に入館する術《すべ》を探すときはいち早く「東都水族館には鈴木財閥の資本が入っている」と言及。
・機転と判断力に長《た》けており、知らない道を覚えるため、とっさにガソリンスタンドの名称と場所を完全に記憶。
・運動もお手のもので、5メートルははなれているであろう犯人に、やり投げの要領でホウキを投げ当て、動きを止める。
・用意周到で、不測の事態にそなえ、少年探偵団の全員分の懐中電灯をなにもいわず調達しておき、持参する。

・責任感と男気にもあふれており、銃をつきつけられて仲間の居場所を吐けとおどされても「自分が首を突っこんだ事件だから」と口を割らなかった。
・大人でもあやふやな礼儀作法にもくわしく、よく元太に正しい方法を教える。

こんな小学1年生がいるだろうか。

しかも光彦の愛らしいところは、コナンや灰原と違い実年齢も小学1年生なので、男児らしく無邪気に、特撮ヒーロー「仮面ヤイバー」に目を輝かせている。相応の子どもらしさももち合わせているから余計に得体が知れない。

この小学1年生らしからぬ光彦のポテンシャルから、ネット上では有志により「光彦はIQ400ある説」なるまとめが公開。「劇中でずっと伏せられてきた黒幕は、光彦ではないか」というブッ飛んだ考察まで真面目に展開され、原作者がこれを真剣に否定する事態に。脇役にもかかわらず、光彦のコアな人気はじわじわと高まっていき、光彦を主人公とした非公式の2次創作小説が続々と発表された。

アニメ第923話で満を持して「コナン不在のなか、光彦が大活躍する回」が放送されると、わき立ったファンからは「光彦の有能さが光った神回」「光彦、お疲れ様」「しっかり見届けたぞ」という感想が相次ぎ、読売テレビのニュースサイトでは「視聴者から、光彦の親兄弟や親戚のような温かいメッセージが多数」というなぞの見出しまで掲出された。

こんな小学1年生がいるだろうか。

現時点では光彦の頭脳は、現職の探偵たちに及ばないものの、伸びしろがありすぎる。子どもの成長に絶対はないが、このまま彼がすくすくと経験を重ねて育つと、高校生になるころにはすべての登場人物を超える聡明さをもつ可能性が高い。

不運にもアホ役にあまんじてしまう光彦。

しかしそんな光彦には、不運が待っている。

同年代では誰も歯が立たない、飛び抜けた頭脳と能力をもっているのに。

すぐそばに江戸川コナンと灰原哀というチートな存在がいるのだ。

彼らの実年齢は17歳と18歳。片方は天才高校生探偵、片方は天才科学者。経てきた時間も違えば、経験も違う。

どんなに光彦が優秀であっても、しょせんは小学1年生。彼らの前では光彦のスペックなど容赦なくかすむ。

少年探偵団には飛び抜けて頭のいいコナンと灰原がいるために、俺たちの光彦がいじらしいアホ役にあまんじることが多々あるのだ。これは許せない。光彦がクイズに不正解する、間違った推理を組み立ててしまう、おっちょこちょいでミスをしてしまう。それをコナンと灰原が、秒速でフォローする、あるいは論破する。そうすると相対的に「光彦はかっこ悪い」「光彦はたいしたことないじゃん」という印象が植えつけられてしまう。

その最たる例が、歩美への印象である。光彦は歩美へ強い恋心を寄せているが、歩美の恋心はコナンへ向いている。その理由は、無情にも「コナンくんは頭がよく、スポーツが万能」だからなのである。

み、光彦ォ――――!!!!!おまえ!!!!!光彦!!!!!生きてるか!!!!!光彦!!!!!大丈夫だぞ!!!!!俺たちがついてるぞ！！！！！！！がんばれ！！！！！！！！！！！

「なにかと比べられる」ことで評価されることは、めずらしくない。いくら平等、公平、個性の尊重を説いても。いくら光彦が努力をしたとしても。くらべるものさしがブッこわれていると、評価もブッこわれる。人生は、悲しくもそういう風にできている。

コナンと灰原と一緒にいることで、俺たちの光彦は、やがて近い将来、ゴリゴリに自尊心をすりへらしていくことになる。いや、もしかしたら、いまも。光彦がもし、少年探偵団じゃなかったら。きっと彼は、天才小学1年生として、相応の自尊心をもち、脚光を浴び、モテたはずなのだ。

わたしは、そんなif《イフ》へ、思いを馳《は》せずにはいられない。

わたしはむかしから、数年毎の長期計画を立てられなかった。

ここまで2500文字も使ってわたしが「活きのよい過激派光彦オタク」を突然見せつけてしまったので、みなさんは動揺していると思う。

ちゃんとここから本題が始まるので、安心して聞いてほしい。

先日、出版社の人と打ち合わせをしているとき、編集者の佐渡島庸平さんが、こんなことをいって、わたしの自尊心がちょっとだけモチャッとなった。

「岸田さんは2か月単位で、興味があること、あきることが変わるからね」

彼はニコニコしていて、それを聞いた出版社の人も本当にそうですねと相づちを打っていた。そこに不穏《ふおん》さや不快さは、まったくなかった。

じゃあなぜ自尊心がモチャッとなったかというと。

大学生時代も、会社員時代も、わたしは「長期計画」をまったく立てられなかったからだ。大学生であれば自己啓発的な意味合いで「結婚やキャリアアップの計画」、会社員であれば「年間の広報戦略」のような。

特に後者は予算や人員体制のこともあるから、しっかりと3か月先、1年先、3年先まで見据えて、つくりこまなければならない。

だが。つくった戦略を、1か月たりともまともに運用できたことがなかった。

わたしは限りなく野生に近い広報担当だったので、「世間の微妙な感情の変化を読み取り、即座にマスコミに企画をもちかける」や「連邦のモビルスーツなみの機動力を活かし、舞いこんできた運をひっつかんでモノにする」という仕事をしてきた。乗りこなしたい波は、1日ごとに形を変える。

「労力のかかる派手な露出は避け、小さな地方紙や地域密着型の媒体への露出に注力する」という戦略を立てて発表しておきながら、翌日『NEWS ZERO』で櫻井翔さんの取材を誘致する」という真逆の方向に爆速で疾走したことがあった。

戦略をたてる間に、状況が変わり、そしてわたしの飽き性と衝動性も手伝って、どんどん予測していない方向へ舵《かじ》が切られていく。

計画にはなにひとつ合致していないが、得られるインパクトは莫大なので、えげつない結果は出していた。1年で予算1万円、わたしひとりだけで、広告換算額は4億5000万円を超えていた。

同時に耳と心が痛くなる声も飛んできた。

「岸田さんの動きや発想についていけず、情報もおりてこないから、現場で混乱が起きている」

「報告されていた活動予定と違いすぎて、年間の予算をつけられない」

「最初に話していたことと違うって、取引先が怒っている」

「岸田さんの下についた新入社員が、置いてけぼりでかわいそう」

あわわわわわ。

必死で計画を立てようにも、立てている間にまた次の波がきて、舵《かじ》が根こそぎくつがえされる。持続することを前提に経営活動をし、チームで動き、計画を見える化して顧客を安心させる会社組織において、わたしは「予定を立てられず、気分で動くポンコツ」だった。

もちろん評価されたこともたくさんあったけど、これはけっこうキツかった。自分の将来の目標すら「どうせ無駄だし」と立てられなくなり、自尊心がゴリゴリにけずられていった。

だから、佐渡島さんがいったことを、わたしは悪い方向に受け止めてしまった。もしかしてこれ、エージェントや出版社に迷惑をかけているんじゃないかって。

打ち合わせが終わったあと、佐渡島さんにおそるおそるたずねた。

「興味が2か月で変わってしまう人間で、ごめんなさい」

「えっ、いきなりなに⁉」

佐渡島さんは、わたしが後ろめたそうにしていることに対して、本当にびっくりしていた。

「岸田さんの生きるスピードがめちゃくちゃ早くて、運や興味もすごいスパンで変わるから、読者も俺も見てておもしろいよ！　たかだか数か月でこれなんだから、数年後はどうなるのかなって、予想できなくて楽しみだよ」

わたしは、ポカンとしていた。まさかほめられているとは思わなかった。

わたしがもつ「興味が移りやすく、衝動的で、類まれなる運に出会うこと」は、会社員としては短所だった。

これがワクワクを届ける作家になった瞬間、長所になった。長所が背中、短所がお腹についていて、いる場所が変われば、風向きや陽《ひ》の当たる角度が変わり、照らされるのはお腹になるか背中になるかも変わるんだ。

ゴリゴリにけずられていった自尊心も、長所に陽が当たれば、シャキーンと大きく伸びていく。そうすればまたわたしは、たくさんのワクワクを届けられるようになる。自分のことを愛せるようになっていく。

できるだけ、長所が照らされる場所にいたい。わたしはそう願っている。話を光彦に、無理やりもどそう。もどさなくてもこの話題は完結するけど、あえてもどしておこう。

脚光を浴びたいならば、光彦は少年探偵団を抜けた方がいい。コナンと灰原からできるだけ遠いところへ、走っていった方がいい。変わった場所でようやく、光彦の〝ふたりより頭が悪い〟という短所は長所に代わり、陽が当たるからだ。

だけど、それでも光彦が少年探偵団にいるのは。脚光よりも大切なものが、そこにあるからだ。自分よりも頭のよい仲間たちと得られる経験こそが、光彦に必要なんだろう。そこにいることを自らが望むのであれば、どんなに挫折や苦難を味わったとしても、自尊心は下がらない。

がんばれ、光彦。わたしも、がんばるから。

ときには挫折を、ときには劣等を感じながらも、陽の当たる雲の切れ間に向かって、舵《かじ》を切ろう。

救いは、人それぞれ、みにくい形をしている

日本の空港の軒先で、朝まで眠ろうとしたことがある。

7年前の、夏も近づく6月だったけど、深夜ともなればふきさらす風は冷たく、昼のシャトルバスを待つためだけにつくられたベンチはせまく、すわっているとじわじわ、と身体が外側からイヤな感じに固まっていく。

横になれば、もうちょっと楽だったろうけど、「知らない誰かが近づいてくるかもしれない」状態では、5分も横になっていられなかった。

荷物を孵化《ふか》するヨッシーの卵みたいにだきしめ、おそわれそうになれば脱《だつ》兎《と》のごとく逃げ出せるようにと考えると、すわったまま眠るのがちょうどいい。はなれた場所にふたりほど、同じように固まって、遠すぎる朝を待ちわ

びる人たちがいた。

夜なんていつも、スマホで知らん国の知らん土地のGoogle《グーグル》ストリートビューでも見てたら、ワイナイナのごとく爆速で過ぎ去っていくのにな。知らん野良犬とか、何時間でも探し続けられるのにな。

それらは壁と天井と温かいふとんがあったから、できただけのこと。温かい場所で眠れるなら、愛するあなたのため、部屋とワイシャツと私を毎日みがいてたっていい。だが、ここには部屋すらない。せめてでっかい国際線だったら、夜も室内にいられたんだけど、僻地《へきち》の国内線だから。

眠れずにいると、スマホが鳴った。

いや、パカッとする携帯だったかもしれん。そのへん入り混じった時代だから忘れた。できるだけバッテリーをへらさないように、ポケットの奥底にねじこんでいたことは覚えてる。

当時流行っていたSNS、mixi《ミクシィ》の通知だった。

『大丈夫？　うち、空港にけっこう近いから、いまからでも泊まりにきなよ』

大学で一度か二度しか会ってないが、mixi《ミクシィ》では何度もコメントのやりとりをした友人だ。

わたしが数時間前に投稿した「これから空港で野宿する……つらい（;_;）」という日記を読んでのひと言。

ひどいにおわせ投稿に、mixi《ミクシィ》上の知人によりおびただしい足跡（アクセス履歴）がつき、荒れた地面ならば更地にふみならされているほどだった。いわば友人は、その更地に芽ぶいた、希望の一輪花。

わたしの返事は、

「ありがとう。しんどいけど、なんとか大丈夫そうやわ」

だった。好意を断った。

なんとなく健気《けなげ》で、悲運な少女のエピソードっぽくも読めなくないが、自宅から始発で行けば余裕で間に合う空港でわざわざ野宿し、ここぞとばかりにＳＮＳでにおわせ投稿をし、あまつさえ友人の救いの手を断ったのは、なにをかくそうこのわたしである。

時空移動できるなら「おまえちょっと落ちついて話そか」と説得してしば

きに行きたくなる有様だが、あのときのわたしには、空港での野宿に多大な意味があった。

当時わたしは大学に通いながら、ベンチャー企業の創業メンバーとして働いていた。歩けなくなった母のために、バリアフリーに関わる仕事をつくった。

創業メンバーといっても、下っぱも下っぱだ。役職も権限もない。知識も常識もたりないので、上司からいわれたことを、粛々《しゆくしゆく》とやるだけ。

とても厳しい社風だった。

「学生なのにここまでキッチリやるのか」と、お客さんたちをおどろかせ、そのインパクトをもって信用してもらえることが大切だったように思う。

学生がやっていて、しかも研修やアドバイスといった形のない商材の会社というのは、それくらいの努力をしなければ、取引までこぎつけられなかった。

会社がひどいと批難するつもりは、まったくない。ベンチャー企業だから、みんなもわたしも、好きでストイックにやってたようなもんだし。

遅刻はもちろん厳禁で、30分前に客先へ到着する。インフルエンザでも、仕事があるなら休まずかくし通して働く。早朝でも深夜でも、連絡は1時間以内に返す。平日は事務所で泊まりこんで仕事する。年末は仕事おさめをしてから、数日徹夜をして数百人を超えるお客様にひとりずつメール。仕事のたび社員同士で「相手のダメなところ」を書いて知らせ、反省を発表する。だれも助けてくれないし、できなければみんなの前でしこたま怒られる。社員が増えるたびにさすがにこのままではアカンと変わってきたが、そのときはこんな感じだった。

当たり前っちゃ当たり前なんだけど、大学で単位を取りながら、片道2時間かけて事務所に向かっていたので、完璧にやるのはしんどい。気も利かず、細かいことをキッチリやれないわたしは、毎日バチボコに怒られていた。

怒られると自信をなくし、寝ても覚めても疲れがとれず、また派手なミスをし、負のサイクルに頭から突っこんでいく。

そのうち「不安で朝も起きられない」ようになった。こういうときって「不安で夜も眠れない」じゃないんかい。でも、寝るの大好き！　ずっと寝てたい！

あろうことか大遅刻を2日連続でやらかして確変状態に突入し、「次やったらおまえほんまわかっとるなコラァ」ボーナスステージが始まった。

運が悪いことに、翌日は東京への出張業務が待ち構えていた。

ふるえあがったわたしがとったのは、リラックスして早寝するでもなく、東京へ前入りするでもなく、なぜか空港で野宿を決行する、という行動だった。

おいおい、どうした、どうした。孔明《こうめい》をやとえ。

その行動が当時のわたしにとって、それが一番、

「つらい思いをしてでも、がんばった！　えらい！」

と、だめな自分にいい聞かせられる源泉になった。ここでわたしは「かりそめがんばりポイント」なる制度を勝手につくり、このまやかしを説明してみる。

会社からは夜行バス以外の交通費はもらえず、ホテル代なんてもってのほかだったから、飛行機代なんてもちろん出ない。速く移動できる飛行機代を自腹で出したということで、かりそめがんばり1pt《ポイント》を獲得。

野宿は寒くてこわくて、精神をすりへらしていくので、かりそめがんばり2pt《ポイント》を獲得。

始発の飛行機で出張先に向かい、誰よりも速く現地に到着してフラフラでも気丈にふるまうことで、かりそめがんばり3pt《ポイント》を獲得。

これでようやくわたしは、遅刻をするダメな社会人という己を罰し、その様子を上司たちに伝えることで立派な社会人だと、自他ともに認められるというわけだ。

あかん。誰か……誰か、止めてくれよ……孔明《こうめい》……。

いや、止めてくれてたわ。母も泣いて止めてたし、友人もmixi《ミクシィ》で止めてくれた。

だけど、ここで救いの手を取ってしまったら、かりそめがんばりポイントがチャラになってしまう。他人に迷惑をかけてはいけない。救われてはいけない。だって、こうすることでしか、わたしは、わたしがやらかしたことの責任を、とれないのだから。

刑期を終えないうちに、四人が外へ出られないように。わたしにとって、このつらさは刑期だった。

だれも刑なんて科してないってのに。科しているとしたら、それは、わたしだ。セルフ投獄だ。自分で勝手に罪を大げさにでっちあげ、それをわけのわからん方法で償うことで、自分の名誉を無理やり回復させようとした。劇場型名誉挽回《ばんかい》服役だ。

不幸そうに見える場所に、どっぷり居すわるという幸福。

わたしは、ただ、わたしのことを、好きになりたかった。この時期に、疎遠になった親戚や知人はたくさんいる。どんどん顔色が悪くなって、目つきが死んでいくわたしを見かねて、あらゆる救いの声をかけてくれた。

「ちゃんと休んで、学業に専念した方がいいよ」「上司にいってあげるよ」

「そんなところ辞めて、うちにおいでよ」

あろうことかわたしは、それらをバッサバッサと関羽《かんう》のようにはねのけた。

こんなわたしのためにありがたいなあと思う一方で、「ほっといてくれ、邪魔せんといてくれ」なんて、うっとうしくも感じた。完全に終わっている。なるべくして、優しい彼らとは疎遠になった。

わかろうとされることが、わかるよと歩み寄られることが、つらかった。本当は、わかってほしいのに。だけど、この苦しさを、簡単にわかってほしくないのだ。

母が歩けなくなって死にたいと思いつめ、ほかに頼れる親戚はおらず、大学ですわって勉強するだけでは不安になり、力ずくで母のために行動できる会社に入り、自腹の経費が給与を上まわる中で朝も夜もなく暮らし、身の丈に合わない仕事にあえぎながらも、ここにしか居場所がつくれなかった苦しさを。

それがすべて、恵まれているわたしには他の道もあったにもかかわらず、好んで選んだ道の、自業自得の苦しさであるということを。

誰にも、わかられたくない。わかられたら、わたしの歩んできた過去が、ありふれた陳腐《ちんぷ》なものに成り下がってしまう。気がする。

わかってほしいけど、わかってもらえないと悲しみと怒りにかられて八つ当たりしているくらいが、ちょうど心地よかった。なにかに嘆いて、なにかに怒り続けている方が、自分は傷つかなくてすむ。

あかんって。（二度目）

このあかんすぎるわたしにとって、救いの手は、もはや救いではなかった。本当は救いなんだけど、救いだと認めたくなかった。

かつてのわたしにとって、本当の救いとは、ここで他人に助けられておだやかに過ごすことではなく、無茶をして、ひとりでがんばり続けて、無念にたおれることだ。

わかりやすい病名やけが名がつくならば、なおよい。そうしたら「必死でがんばってるのはわかったから、もうがんばらなくていい」という、いびつな免罪符を得られる。

そのときはじめて、わたしは、わたしのことを許せる。これだけがんばっても無理だったんだから、というあまい許しを得られる。

結局、23歳のときにわたしは心をぶっこわし、2日失踪《しっそう》したあと、豪雨で氾濫した川を何時間もぼうっとながめているところで気を失い、目が覚めたら病院で点滴につながれていた。

母が泣いて泣いて、指の先までふるえていた。

「無断欠勤してるって聞いて、あなたが首でもつって死んでたらと思うとこわくて、会社の人が来るまで家に確かめに行けなかった。ごめん、ごめんね」

本当におろかなことをしてしまったと、ようやく気づいた。これにて劇場型名誉挽回《ばんかい》服役の幕は降りたかと思えたが、結局のところ、根本的なことは解決しなかった。会社でも特に立場が変わることはなく。これといって、成長もせず。

このやり方は間違っていた、と心の底から思い知っただけだ。

催眠や呪いの類が、あっさり解けただけ。ゼロからのスタート。

わたしが、ポンコツなわたしのことをそれなりに認められたのは、それからたっぷり5年くらいかけて、自分のことを好きでいられる人と場所を、ゆっくりと見つけていったときだ。


救いは、人それぞれに、みにくい形をしている。

他人にとっては不条理で身勝手きわまりないから、みにくい。自分にしかわからないときと場合であるから、見にくい。

「よかったら、うちに泊まりなよ」

パッと見て救いのそれを、「ありがてえなあ」と受け取れる日もあれば、「邪魔せんといてほしい」と受け取れない日もある。もっとひどいときは「見下さないでよ!」と、とんでもない妄想におちいる。

他人からの救いを受け入れられるかどうかは、自分だけが決める。

健康やお金に余裕があっても、心に余裕がなければ、救いを受け取れない。受け取らないことこそが、救いだと思いこんだりする。自分が救われてもいいかどうかを決めるのは自分であって、他人ではない。他人に救われることはあっても、その前に、自分を許すという果てしない作業からはじまる。世界の神ですらそれを救う権利を欲しがったとしてもだ。ちくしょう、わたしがいいたいこと、だいたいBUMP《バンプ》 OF《オブ》 CHICKEN《チキン》がいっとる。

だからって、だれも救わない世の中がいいとは、まったく思わないし、救われたいと思ったときに救われたいので、わたしは、こうすることにしている。困っている人を見つけて、自分がなにかできると思ったら、できるだけ迷わず声をかける。

でも、期待をしない。

自分が救いになるという高慢さをすてる。

救えるのは自分だけ。

声をかけたいから、かける。

いらないとはねのけられたり、疎遠になったりしても、がっかりしない。

ましてや、怒らない。いまはまだ、そのときではなく、その形ではないだけだ。

扉のかぎを外し、入ってくるか、違う扉を見つけられるかを祈って待つ。もちろん、そんな悠長なことというてられずに、引っ張り出さないといけないってときもある。命を守るためとか。冬に空港で野宿してたら、死ぬかもしれんから。

それは引っ張り出すべきだけど、うらまれるかもしれないという前向きなあきらめは、頭の片すみでもっていた方がいいと思う。心優しいあなたが、つぶれてしまわないように。手をふりはらうということすら、救われるための小さなきっかけになることもあるから。

つってね、なんかいい話っぽく書いたけど、書けば書くほど、空港で野宿してた自分をひっぱたきに行きたいね。

オラッ！　立て、岸田奈美！　さっさと牛丼食って帰るぞ！

サンダルを手放す日

臨済宗円覚寺派管長・横《よこ》田《た》南《なん》嶺《れい》老《ろう》師《し》にお招きいただき、YouTube《ユーチューブ》で対談させてもらうという、とんでもなく光栄なことがありました。ふるえてしまう。

それなのにわたしは収録当日、大惨事を起こしてしまって。

なにから書こうかな。まず電車には盛大に乗り間違え、あろうことか円覚寺の真逆の方向へ走り出し。あわてて途中下車したら、反対ホームにつながる階段をすべり落ちて足を盛大にくじき。横田さんにお渡しするはずだったきんつばを、電車内に置き忘れたことに気づき。髪をふり乱して到着するも、足がはれてしまって、もらった保冷剤をしばりつけたまま収録に参加。畳だから足、ふつうに見えてた。

謝っても謝ってもたりる気がせず、半泣きで呆然としていたわたしのことを、とがめることもそれ以上触れることもせず、横田さんは「さいきん料理にはまっていてね」と手づくりのあま酒をふるまってくださいました。めちゃくちゃおいしくて、まろやかで、半泣きが全泣きになりました。

横田さんとはじめて出会ったのは、わたしの母が本を出版したとき。老師も同じ出版社から本を何冊も出版されていて、そのご縁で母と横田さんが対談したり、共演したりすることが年数回あった。

その母の後ろに、ひょこひょことついていったのが、このわたし。「仏教の教えをもっと多くの人に知ってもらいたいね」という老師に、わたしが「横田老師の着ぐるみをつくってゆるキャラ化するのはどうでしょうか。なんれい君という具合に」といったら、老師は大笑いして「それはいいですなあ」といたく喜んでくださった。

まわりにいた修行僧さんが青ざめながら「老師、それはちょっと」と、あわてて止めに入ってくれたことを覚えている。そのあと修行僧さんたちからものすごく遠慮がちに、仏道のなんたるかをしこたま教えられ、わたしは平謝りしたのだった。老師の御心の広さに盛大に包まれたわたしは、人生に迷うといつも、円覚寺に足を運ばせてもらっている。

会社員を辞める1年前、わたしは病みに病んでいた。

信頼していた同僚がいて、どれくらい信頼していたかというと、彼にどうしてもと頼まれて、豪雪の2月にオフィスのパソコンの前にすわりこみ、届くかどうかわからないメールを一晩中待ち続けるという、ワカサギ釣りから楽しさの要素をすべて引いたような仕事をしてたくらいだ。一体あれはなんだったのか、いまでもわからない。

そのほかにも、誰も手伝いたがらない無茶に無茶を重ねたような仕事をわたしは友情と信頼の名のもとに引き受けていたのだけど、ある日、彼がわたしのことをボロックソに書いたメールを、わたしによこしてきた。おうなんだなんだ、フリースタイルダンジョンごっこでも始めるのかと冗談めかして思ったら、宛名が別の社員たちになっていた。誤爆（宛先を間違えたの）だと気づいたわたしにはもう、ライムとリリックでアンサーする体力も気力も残っていなかった。被害妄想がこじれにこじれて、気づいたら、会社に行けなくなっていた。


円覚寺を訪れたのは、休職してから2か月後のこと。

「こんなことで休んでられないとは思うんですが、彼のことをまだ許せないし、ほかの社員を信頼することもできない。こんな自分が情けなくて。どうしたらちゃんとできるんでしょうか」

かくかくしかじかと話している間、横田さんは黙って、何度も何度もうなずきながらわたしの話を聞いてくれた。

「それはね、ひどい雨や風と同じですよ」

横田さんは静かに口を開いた。

「自然にはあらがえません。台風みたいにふく風や降る雨を前にして、人は無力です。そんなときは、家に入って、雨戸を閉じて、ふとんをかぶって、過ぎ去るまでジィッとしている。そうしていたらいいんですよ」

おどろいた。わたしは、会社に行けないことは悪いことであるから、憂鬱《ゆううつ》にあらがうためにも、どうにかして自分のメンタルをもち直す必要があると思っていた。

「横田さんにも、そういうときがありますか」

「ええ、もちろん」

わたしも横田さんも、人間だ。大いなる自然にはあらがえない。もしかしたら他人の感情も自然と同じで、わたしごときがどうにかできることではないのかもしれない。

「あのときこうしていれば」「こういい返していれば」の途方もないたらればを、無意識にくり返しては、自分を責めていた。でもそれ自体にはさほど意味がない。衝突はすでに起こってしまったことであり、わたしは巻きこまれてしまった、ただそれだけなのだ。

横田さんの言葉を聞いて、わたしはとにかく、ジィッと待つことにした。過去と会社のことを考えるのはやめた。雨や風みたいに、苦しさが過ぎることを静かに祈った。

弟と一緒に、フラッと旅行へ出かけたのは2週間後のことだった。結果的にわたしはそこから少しずつ元気を取りもどし、会社に復帰した。

YouTube《ユーチューブ》対談の最後、横田さんからほかに質問はあるかとたずねられた。用意はしていなかったが、まるでこのときを待っていたかのように、わたしの口から悩みがぽろりとこぼれ落ちた。

「ダメなこととわかっていても、嫉妬《しっと》してしまいます。この気持ちにどう向き合えばいいでしょうか」

わたしはインターネットやSNSをメインに活動しているクリエーターだ。でもこの世界は、流行りすたりがものすごく早い。目がまわるような数の作品が毎日アップされ、新進気鋭の人たちがあふれ出てくる。そして「リツイート数」や「PV数」など、目に見える形でその才能をまざまざと見せつけられる。

わたしより若く、わたしより賢く、わたしより人当たりがよく、わたしより文章のうまい人が、わんさかと後から追っかけてきて、抜き去っていく。

ここはそういう世界だ。

業界が盛り上がるのは喜ばしいことであるはずが、気づいたら、不安になっている自分がいる。いつか自分は忘れ去られてしまうんじゃないかと、こわくてたまらなくなる夜がある。それはわたしが一番きらっていたはずの、嫉妬《しっと》という汚い感情だ。ああ、やだやだ。

「嫉妬《しっと》はなくすこともできますよ」即答だった。

「どうやったらなくせますか？」

「自分という〝基盤〟をどこに置くかを考えるんです」

基盤とは、自分はどう生きていれば満足なのかということ。

「極端なことをいえば、最低限のご飯が食べられたらいいとか、屋根があるところで寝られたらいいとかですが……こう考えるのはオススメしません。向上心がなくなりますので、成長をあきらめてしまいますから」

「嫉妬《しっと》は必要ということですか？」

「ほどよい嫉妬《しっと》は、自分を向上させる燃料ですよ」

横田さんは、向上しながら生きていくことを、かまどの火にたとえてくれた。「嫉妬《しっと》は身をほろぼす」という言葉があるように、大きくなりすぎた嫉《しっ》妬《と》の火は、火災を起こして焼きつくしてしまう。だからといって、火を使うことを止めてしまうのはもっとおろかだ。寒い冬には凍えてしまう。

大切なのは、火を整えること。自分の向上に必要なだけの火を調整する力。火がちゃんと燃えていることに、自分で気づかなければいけない。これ以上燃えたら大変だ、という自分の基準も知っておく。そうすれば「いま自分はご飯を炊くために、これだけの火が必要だ」「よい仕事をするために、このくらいの火が必要だ」って、わかるようになる。

新しい挑戦をするために、意思と節度をもって、上手に火を燃やしていく。向上するために、ほどよい嫉妬《しっと》という火を、ほどよく利用する。

「火を整えるためには、自分を静かに見つめればいいんでしょうか?」

わたしがたずねると、老師は片手を頭の上の高さくらいに上げた。

「自分を高いところから見る目をもつんです。日本の伝統芸能でも、世阿弥《ぜあみ》が演者に必要な3つの目を説いています」

世阿弥の3つの目とは、「我見《がけん》」役者自身の視点、「離見《りけん》」客席から舞台を見る客の視点、「離見《りけん》の見《けん》」役者が客の立場になって舞台上の自分を見る視点。芸能では、役者がつねに観客の視点から演技を見つめることが究極だとされているらしい。

自分と相手のことだけを見ていては、必要な火の大きさはわからない。

「そのためにわたしたち仏僧は、座禅をして見つめるんです」

汚い感情としてとらえていた嫉妬《しっと》が、わたしの中で、別の意味をもちはじめた。

円覚寺は、とても広くて、建物がいくつもある。何度かくつを脱いで、寺の中を行き来することがあるのだが、そのときに気づいた。

わたしはストラップつきの高いヒールサンダルをはいてきていた。こんなものをはいているから、階段で転げ落ちるのだ。しかも円覚寺に着いてからは、脱ぎはきがめんどうで、わたしは何度もかがんではモタモタと手間どるというさらなる愚行を披露していた。そんなわたしのとなりを、スッと横田さんが通り過ぎ、先へ先へと流れる川のように歩いていく。

横田さんは白くて簡素だけど、しっかりしたつくりのぞうりをはいていた。ぶかっこうな背丈をなんとかして取りつくろおうとした、わたしのサンダルとは真逆のはきものだった。

敷居、境界、階段を越えていくためには、相応のはきものでなければ、うまく歩めない。気取らず、歩きやすく、すぐに脱いで、すぐにはけるものでなければ。たとえばそれはぞうりのような。

越えていくものが建物であっても、誰かの心であっても、同じことがいえるんじゃないかと思った。そもそも自分が身につけているものから、見定めなければいけない。

家に到着したら、待っていたかのように、サンダルのつま先を止める部分がこわれた。あちこちボロボロだから直そうかと思ったけど、なんとなく、このくつではこれから先にわたしが行きたい場所へは行けない気がして、きちんとお礼の心をこめてから、サンダルをゴミ捨て場へもっていった。

また迷ったときには、横田さんのもとへ行きたいと思っている。今度はすぐに脱ぎはきできて、駅で転んだりしなくて、どこまでも走れるくつで。

これからのわたしに宛てる話

30年後、きみのいない世界で

iDeCo《イデコ》の申込書類を書いていた。

iDeCo《イデコ》とは、自分で毎月お金を積み立て、なんやかんやして増やし、60歳になったら年金として受け取れる制度だ。

岸田家はむかしから、カモ顔かつカモ背景をもつ一家であるため、むかしから「やれ金塊を買え」「やれマンションを買え」「やれ精霊の水を飲め」などと四方八方からいいよられてきたので、投資だとか運用だとかには、どんなにおいしい話でもなるべく近づかないようにしている。

そんなわたしがなぜいきなりiDeCo《イデコ》を始めるかというと、税金を節約するためだ。

会社員をやめ、自分で毎月税金をはらうときの驚愕《きょうがく》っぷりったら、他に類《るい》を見ない。ふつうに声が出る。レジの人もビビって声が出る。偶然のユニゾン。できるだけ税の恩恵にあずかろうと、区民図書館のカードをつくり、毎月『横山光輝三国志』を数冊ずつ借りるようになった。いつまでたっても21巻が返却されないので読み終わらない。おのれ孔明《こうめい》。

深夜0時、風呂上がりに贅沢《ぜいたく》で買った成城石井のグァバジュースを飲みながら、iDeCo《イデコ》の申込書類を鼻歌まじりに書いていく。いまはいとうせいこうの曲をくり返している。

「かけ金額をご記入ください」という項目の下に、小さな字で注釈がついていた。

「60歳以降に受け取れる金額が変わります」

ぴたりとペンを止めた。いとうせいこうも止めた。60歳になったら、お金を受け取る。いくらにしようか。いくらもらって、なにしようか。

未来を思い浮かべようとしても、なにも見えない。60歳になったわたしのそばに、きっと母はいない。障害と平均寿命のことを考えたら、ひょっとすると、弟だって。

そんな世界で、わたしだけ生きていくためのお金が、はたして必要なのだろうかと思ってしまった。

父が亡くなったとき、それはもう、つらくてつらくて仕方がなかった。さびしいのに、悲しいのに、くやしいのに、いっぱい泣いたのに、泣けば泣くほど腹がへり、飯を食って眠たくなる自分がいやだった。

消えてなくなりたいほどの悲しみの中でも、身体は生きようとする。

そういう日々でも、なんとかやってこれたのは、母と弟がいたからだ。父の死を乗り越えたのではない。正面を向いてスクラムを組み、豪雨と吹雪に耐え、力つきそうになれば互いをゆり動かし、飯をわけあい、たまに冗談もいい、とにかく悪天候が止むのを待つ。気がついたら、晴れていた。わたしたちが送ってきたのはたぶん、そういう時間だ。

悲しみがカルピスのごとくうすまるまで、さみしい時間をじっと過ごせる仲間がいたというだけの話だ。これは、他人では絶対につとまらない。たとえファンが100万人いたとしても、彼らとは、ずっと一緒に過ごすことはできない。

母と弟がいなくなったとしたら、もう、わたしにその不在を乗り越えるだけの体力も気力もない。だって父のときより人数が多いし、思い出も多いし。はい、無理。ぜったい無理。

涙がぼたぼた落ちて、書類のはしがじわっとにじんでしわになった。

スーパーファミコンのゲームがバグったら、セーブもせずカセットを「オラァッ！」と抜くように、わたしも人生のカセットを抜きたい。星のカービィスーパーデラックスなら確実にセーブデータ飛んでる勢いで。

そこで、プツッと、終えたい。

そもそもわたしは、未来のことを決めるのが苦手なのだ。

いままでも1年から3年ごとに、人生に波乱が巻き起こった。家族は死ぬし、歩けなくなるし、川べりで意識を失うし、メンタルはダウンするし。全部、自分じゃどうしようもなかった。

ばかデカいにもほどがあるどうしようもないことを、急ハンドルでさけて、まったく想定になかった道を進み、なんとかその道中の景色を楽しむ。なんか、そういう、計画性とはほど遠い過去ばかりだ。

未来を決めても、それが急ハンドルをきるときにふと浮かんで邪魔をしてきたらと思うとこわいし、どうせ状況が変わって達成できないのだと思うとくやしい。だからわたしの未来にはいつも、〝あそび〟がある。ハンドルをまわすだけの、あそびが。

でもさ、人生のカセット、自分で抜くわけにいかないじゃん。

もし、父に「いやあ、ごめんごめん。オトンからもらったサザンのライブチケットだけど、ギリギリで行くのやめて、家に帰ってきちゃった。オトンおらんと、おもんないもん」っていったら。

「バカタレ！　行きたくてしゃーない俺が行かれへんのやから、おまえが代わりに輝く桑田をその目に焼きつけて、耳かっぽじって聞いて、すみずみまで俺に教えてくれや！　神聖なライブに空席つくっとんちゃうぞ！」って怒られると思うんよ。サザンのライブが、人生という言葉に変わったとしても。

母だって、弟だって。「いやあ、ごめんごめん。ふたりとも死んじゃって
さびしいから、自分も死んでこっち来ちゃった」っていったら、やっぱ「バ
カタレ！」って怒られると思うんよ。

いや、怒られるより、悲しまれるな。

怒られるのはまだいいけど、悲しませたくないよね。取り返しのつかない
ことで。

わたしはこの先で、希望を見つけなければ。

人間は希望がないから死ぬんじゃない。死にたくないから希望をつくるん
だ。大好きな人たちがいない世界を、それでも生きるだけの価値といえる希
望を。

希望の中身は、家族だったり、仕事だったり、するんだろうね。

家族っていうのは、ほら、パートナーとであったり、子どもをもったり、
犬を飼ったりさ。自分より若い人に、自分の夢や願いを託すのはしたくない
んだけど、生きる希望には、なると思うんだ。

でも、家族だけじゃ、家族だって荷が重い。希望はまれに誰かの負担になる。希望の中身は、分散できるほど安心だ。

たとえば仕事はどうだろう。わたしはいま、あんまり、一生かけてこれを絶対にやりたいって仕事がない。いまは楽しいから文章書いてるし、ラジオでもしゃべる。才能のある人に、才能のかけらを見つけてもらえたら、それを信じて新しいことに挑戦もする。

大きな木材を、好奇心というノミで、ガンガンけずっているような。うん。希望をほり出してる。いつか見つかるという自信だけがある。

わたしに関わってくれている人たちには、わたしの希望が見つかるのを、見守ってほしい。たまには一緒に探してほしい。わたしをおもしろがってくれたり、読んでくれたりする人の中に、そういう役目を担ってくれる人がいたら、すごくうれしい。希望を見つけるぞという強い意志をこめて、iDeCo《イデコ》の書類にサインをした。夜が明けたら、わたしはポストへ走る。

アカン、また見栄を張ってしまった。

走らず、少しだけ早く、歩く。心は希望に向かって爆走している。

いとうせいこうも、歌ってる。
速度　常に自己新で爆走！

わたしが未来永劫《えいごう》大切にする、たったひとつの花束

豊かさって、なんだろう。

生きていると、何度もこの宿題に出くわす。小学校の作文だったり。新聞のインタビューだったり。明け方４時までデロデロに飲みながら、ふと聞かれたり。

思い返せば、わたしが出す答えはいつも違っている。

答え、つまり、価値観っていうのは。自分の芯であり、絶対に変えず、つらぬくべきものだと思っていた。それをコロコロ変えるなんて、かっこ悪いことだとも。

でも、違った。

なにが起きるか、1か月先ですら予想できなかった人生だ。

大切なのは「芯」を取り替え続けることじゃないか。

風が強い日には、折れないようにしなる、柳のような芯を。

プレッシャーが重くのしかかる日には、かたく負けない、鉄のような芯を。

移りゆく状況にあわせて、わたしという人間が折れないように。

「芯」を変えていく。そうやって生きてきた。わたしは大切な誰かに出会う度に、材質の異なる「芯」を、一本ずつ手渡されている。豊かさという「芯」についても、そうだ。


大好きだった父が、心筋梗塞で死んだとき。わたしの豊かさとは「健康であること」から、はじまった。

とにもかくにも健康第一だと、わたしはご飯や運動に気を配りはじめた。

大動脈解離《だいどうみゃくかいり》の後遺症で母が歩けなくなって数年。母は、歩けなくなった自分の方が幸せだと笑った。専業主婦だったころより、多くの挑戦と出会いに恵まれたからだ。

健康であるからといって、豊かだとは限らない。
わたしの豊かさとは「お金があること」になった。

大学入学と同時に、ベンチャー企業へ入社した。これがまあ、びっくりするくらい、お金がなかった。でも、寝袋にくるまって眠り、アホみたいに油っぽくてバカみたいに安い中華丼を食べ、売上を書いたホワイトボードをながめて、一喜一憂した日々は楽しかった。お金がないからこそ、腹の底からゲラゲラ笑えていた。
わたしの豊かさとは「時間があること」になった。

写真家の幡野《はたの》広志《ひろし》さんに会った。自分のがんは、現代の医療で完治する見こみはないと、彼はけろっとした顔でいった。わたしから見れば、決して余裕のある時間とは思えなかったけど、幡野さんは人生をおおいに楽しんでいる。地図のような、コンパスのような、ともかく役に立つ言葉を、息子さんのために今日も残し続けている。

わたしの豊かさとは「未来があること」になった。

投資家の藤野英人《ふじのひでと》さんの本を読んだ。わたしのnote《ノート》がたくさんの人に読まれるきっかけをつくってくれた人だ。未来へのモヤモヤした不安を打ち破るためには、自分がやりたいことをやりなさい、と藤野さんは背中を押す。主体性をもって使った時間とお金は、何倍にもなって未来の自分に返ってくる。

わたしの豊かさとは「やりたいことをやる」になった。


こんなふうに、出会う人たちから、芯を1本ずつもらってきた。目に見えるならばたぶん、芯の花束みたいになっている。花束は日によって、目立つ花も色もアレンジも変わる。

いまのわたしが、豊かさの芯として選び取ったのは。

「好きなことをして、好きな人と、好きに生きる」だ。

好きなこととは、文章を書くこと。好きな人とは、家族と、わたしの文章を世に送り出してくれる人。好きに生きるとは、〝やったことない〟をへらすように生きる。

10年前のわたしだったら、まったく考えもしなかった。

なぜなら、かつて「好きなことを仕事にするとつらい」と、どこかでいった大人がいたからだ。誰かも覚えていないその人の言葉だけがなんとなく残っていて、わたしも、作家を目指すことをずっとさけていた。好きだからこそ、結果が出なければ、なにも残らない自分に絶望する。趣味としてダラダラ楽しむくらいが、ちょうどよい。

そう信じて、疑わなかった。

ところがどっこい。いまはどうだ。

文章を書くことなら、何日だって、何時間だって、やっていられる。

家族とか、趣味とか、遭遇した奇跡とか。

わたしが好きなことを、1000文字ですむのにあえて2000文字くらいでズガガーッと好き勝手に書いたら、おもしろがって集まってくれる人が増えた。それでおいしいご飯も食べられるようになった。

豊かだ。

いまのわたしはすばらしく豊かだ。いつかしんどくなるかもしれないけど、たぶん大丈夫だ。そのときはまた、ヒョイッと芯を入れ替えればいい。芯を入れ替えると、強くなるだけじゃなくて。見えるものまで、変わってくる。

このあいだ、わたしの編集者の佐渡島庸平さんから教えてもらった。

「最近、息子たちがこぞってハマッてるYouTube《ユーチューブ》チャンネルがあって。俺は『こんなのあるのか！』ってびっくりしたんだけど、延々とは虫類をつかまえてる動画なんだよ」

動画を見せてもらって、わたしも「こんなのあるのか！」とびっくりした。特別おもしろい事件が起きているわけではなく、本当に粛々《しゅくしゅく》とは虫類をつかまえて観察して、愛でているだけだった。おどろくべきは、チャンネルに50万人ものファンがいたこと。

50万人って。

小学校のとき、クラスには虫類好きの子がどれだけいたっけ？

大人になるまで出会ってきた友人に、どれだけいたっけ？
少なくとも、それほどメジャーな趣味ではなかったと思う。だけど、どんなに趣味の範囲がせまくても。注がれる愛の量と、伝えたい愛の熱がふり切れていたら。届くべき人たちに、光の速さで届くんだ。オタクは現代の先導者だ。

芯をもっていないわたしだったら「ふーん」で、受け流していたけど。芯をもっているわたしは「こうなりたい」と、いたく感動した。そうして書いたのが、ラーメンズのコントを紹介する記事だった。なんと5万人くらいに読んでもらった。世の中にはラーメンズファンがこんなにいたのか、と思うくらい、わらわらとラーメンズファンが現れては押し寄せてきた。

むかし、まわりにどれだけラーメンズのよさを説いても「なにそれ知らん。出た出た、お得意のサブカル（笑）」とバカにされて聞く耳をもってもらえず、真っ赤になって暴れていたわたしに、いって聞かせてやりたい。

そんなこんなで、わたしは今日も、好きなことを書いて、好きな人たちと、好きに生きている。豊かさの答えは、日々変わっていく。わたしが新しい出会いを重ねるたびに、変わっていって当然だ。
でも、変わらないこともある。
取り替えられる芯を多くもっている方が、自分を好きになる回数が増えるという事実。
この花束だけは、未来永劫《えいごう》、手放すことなくわたしがもっていく。

思いこみの呪いと、４０００字の魔法

高校生だったとき。

「奈美と結婚しても、ダウン症の弟くんのめんどうを見る自信がない」

つき合っていた彼氏がいった。

ショックだったのは、明るい彼の思いつめたような表情でも、予想もしていなかった遠い将来の話題でも、障害のある弟を否定されたことでもなかった。

弟はわたしにめんどうをかける存在で、わたしがそのめんどうを見なければならない、という前提が彼の中にあったことがショックだった。

そりゃ弟は、人よりもの覚えがおそいし、しゃべるのは下手だし、へんなこだわりも強い。だけどそれをめんどうだと思ったことはない。

算数が苦手とか、身体がかたいとかと、同じじゃないか。おつりの計算くらいわたしがやるし、側溝にボールがつまったらこの可憐《かれん》な身をよじってわたしがヒョイと取りに行きゃいい。それらの行為を「めんどう」というならば、むしろめんどうをかけているのはわたしだ。

何度も聞いた弟の声を、わたしはすぐに思い出せる。

「あーあ。なみちゃん、まーた、わすれとる」

わたしは、信じられないほどの落としものをする。SNSで「駅に『卒業生代表・答辞』の紙が落ちてた」と投稿されていて、どこのどいつだそんなアホはと見に行ったら、わたしが落とした答辞だった。落としたことにすら気づいていなかった。

家族の中で、誰よりも早く落としものに気づいてくれるのは、へんなこだわりが強く、几帳面な弟なのだ。

「なみちゃん、くつした、ないない」

これも弟がよくいうこと。

わたしのくつしたは、いつも片方どこかへいく。だから仕方なく、両足で違う色のくつしたをはく。部屋の各所に散らばるくつしたを両足まとめて〝くるりんぱ〟とひっくり返して一組にし、そっと片づけてくれるのも弟だ。

「ぼくな、きのうな、つくってん。うまい！」

これは弟が電話をかけてきて、開口一番に教えてくれた。

ゴールデンウィークで、この世の終わりを待つかのようにゴロゴロと寝てばかりの母とばあちゃんに代わり、弟はハヤシライスをつくったらしい。食材を切ったのは母だけど、ていねいすぎるほどに炒《いた》めてかきまぜたのは弟だ。えらすぎるにもほどがある。

一方のわたしは、天かすをめんつゆにひたし、白米に混ぜたものだけで3食いった1日であった。

このようにめんどうをかけているのは、どちらかといえばわたしの方だ。仮にも姉のくせに、なにを堂々と書いているのか。情けなくなってきたぞ。

しかしこれはわたしだけでなく母との共通認識、つまり純然たる事実なのだ。

「良太は、奈美ちゃんの役に立つのが好きみたいやで」

母のフォローを真に受け、弟に「ガハハハ！　どうだ！　姉の世話はやりがいがあって、圧倒的な成長の実感があるだろう！」と、まあまあブラックなベンチャー企業のようにふるまっていたら、まあまあ本気で母から「ええかげんにせえ」とどつかれた。

思い出したことがある。

幼稚園を卒園して、すぐ、母がわたしにいった。

「お姉ちゃんやからって、我慢しなくていい。弟のめんどうなんて見なくていいし、楽しくなかったら、一緒にいなくてもいい。奈美ちゃんは、奈美ちゃんの好きなように生きて。それがお母さんとお父さんの幸せやから」

弟に障害があると知らされ、かわいそうやら、どうしたらいいかわからないやらで、さめざめと泣いた日の夜だった。

弟の苦手なことを、わたしは何度か手助けしてきた。他の姉弟からすると、その回数は多いかもしれない。それでもわたしが、弟と一緒にいる理由はシンプルで。弟といるのが、ただ楽しかったからだ。

たまに、わたしたちを見ている人から、ほめられる。

「弟さんを大切にして、お姉さんは立派ですね」

こういわれたりもする。

「ダウン症の人は、やっぱり天使なんですね」

悪気がないのはわかっているから、わたしは怒らない。ちょっとむずかゆいだけ。

それってさ、

「花粉症の男って、天使だよね」

「わかる。鼻がつまってるから、こっちの汗のにおいに文句いわないしね」

「涙で視界がぼやけてて、ノーメイクでもバレないらしいよ」

「だから花粉症の男はみんな、おおらかで性格がいいんだなあ」

っていってるようなもんなのよ。聞いたことあるかい、そんな話を。

意地悪なダウン症の人だっている。ダウン症の家族のめんどうを見ろといわれ、参ってる人もいる。花粉症の男にも、ろくでなしはいるように。

声を大にしていいたい。

わたしはダウン症だからではなく、弟だから、愛している。

ダウン症の家族を愛せない人もいて、当然だとも思っている。

わたしが弟と一緒にいて楽しかったことを書いてSNSに投稿すると、

「障害のある家族をもつ人が、全員幸せだと思わないでください」

「奈美さんのような理想の家族を見ていると、つらくなります」

という嘆きがいくつか寄せられる。

むやみやたらにわたしが見せびらかしている愛は、人から人へと伝わるたびに中身を失って、ときに誰かを静かに切りつけている。刃の正体は「ダウン症だから、がまんして家族を愛しているんだろう」という、思いこみだ。

差別という言葉がある。するどい。聞こえただけでちょっと、ビクッと身構えてしまう。

わたしはなんとなく、あまり使わないし、「わたしは○○を差別しています」って、面と向かってドストレートにいっている人もめったに見かけない。

障害者差別といえば、障害者がお店を追い出されたり、会社で働けなかったり、そういうとんでもなくおそろしいイメージが浮かぶかもしれない。何十年も前は、そんなおそろしいことも当たり前にあった。いまはたぶん格段にへったというけれど。

でも残念ながら、差別は姿かたちをジワジワ変えて、いまもわたしのすぐそばにいる。世の雑踏に紛れるほどの変身を遂げた差別のことを、わたしは「思いこみ」と呼んでいる。

弟と遊園地に行ったとき、３Ｄゴーグルをつけて立体映像を見ながら走るジェットコースターに乗ろうとすると、係員にあわてて止められた。

「障害のあるお客さまは、暗闇でパニックになると危険です。お姉さんはゴーグルを外したまま同乗して、身体を支えてあげてください」

「あっ、うちの弟は大丈夫です。暗いところも平気で、ジェットコースターも大好きなので」

「申し訳ありませんが……ご協力をお願いします」

わたしは唖然《あぜん》とした。わたしよりも肝がすわっていて、たくましい身体のどこを、支えなければならないのか。しかもゴーグルを外して、なんも見えないまま。2時間もならんだというのに。弟も「姉ちゃん、どないしてん」みたいな表情をしていた。

ほんまに、どないしてん。

車いすに乗っている母はときどき、タクシーに乗せてもらえない。車いすでタクシーに乗りこむのは、時間がかかってめんどうだと思われるからだ。しかし母は、ひとりでエイサと身体をもち上げ、秒で乗りこめる。お高いカーボン製の超軽量車いすは、秒で折りたたんで積みこめる。

彼らには「障害者だから、できないだろう」という思いこみがある。

仕方がない。彼らの近くに、障害者がたまたまいなかっただけだ。自分で見聞きしたもの以外は、誰かの見聞きに頼って判断するしかないから。

こんだけ情報があふれてる時代、調べたらなんぼでも出てくる。「障害者パニック」「車いす　介護」と調べると、たいそうなことが書かれている。ひとり歩きする情報が、思いこみをつくる。100%オーガニック熟成濃厚思いこみスープを。

わたしだって、そうだ。思いこみスープを、知らんうちに煮つめていた。写真家の幡野広志さんに会うと決まったとき、わたしはおみやげのハチミツビスケットを渡すかどうか決めかねて、ずいぶんオロオロした。幡野さんはがんの治療中だ。

「がん患者さんは食べものに気をつけているから、おかしなんて渡したらいやみになるかも。でもうっかり買っちゃったしなあ……」

ふたを開けてみれば幡野さんの場合、まったくそんなことはなくて。パアッと笑って受け取り「食べた！　めちゃくちゃおいしいっ！」と連絡をくれた。幡野さんは好きなものを食べることにしているらしい。あのとき、わたしが思いこんだまま渡さなかったら、幡野さんはハチミツビスケットを食べられなかった。あんなにおいしいビスケットを。

思いこみって、やっかいだ。だって自覚がない。

ところで、びっくりドンキーの不人気代表メニューを知っているだろうか。

パインバーグだ。

ハンバーグにパイナップルなんて合うわけないだろと、おどろく人もいるだろう。でも食べたことがないのにいっているとしたら、それは思いこみだ。れっきとしたパインバーグ差別だ。なにもいわず、びっくりドンキーへ行ってくれ。めちゃくちゃうまいんだ、パインバーグは。はじめて食べた人の3人に1人はやみつきになる味らしい。

世の中には、食べようともしないのに、パインバーグを許せない人がいる。もしかしたら彼らは、増殖するパイン農園に実家の町工場を飲みこまれたとか、パイナップルのあまいにおいがする男に彼女を寝取られたとか、パイナップルで撲殺された前世があるとか、そういうトラウマのせいで食べられないのかもしれない。

それは無理して食べなくてもいい。そういう人もいるから。パインバーグ好きは、彼らとは距離をとって、ともに生きるしかない。サンは森で、わたしはタタラ場で暮らそう。

問題なのは。

「わたしはパインバーグを食べようとは思わないし、パインバーグをうまそうに食べている連中の気がしれないわ！　きっと頭がおかしいのよ！　焼きはらえ！」っておそいかかってくるやつがいること。こわいよ。どういうことだよ。なんでだよ。

思いこみは、呪いだ。

自分の視界を極端にせまくして、ふらつく足元で、誰かにぶつからせて、ときにしばきあいまで引き起こす。そういう呪いだ。


ダウン症だから、天使だ。

家族だから、愛さなければならない。

パイナップルとハンバーグなんて、合うはずがない。

「こうだから、こうだ」

「そんなはずはない」

目の前の人に対して、そんな言葉が口をつくようになったら、もう呪いにかかっている。解呪には、魔法の呪文なんて唱えなくてもいい。起きていること、やっていること、いっていることを、まっすぐ見つめるだけだ。

それから好きになるも、きらいになるも、喜ぶも、怒るも、パインバーグのとりこになるのも自由だ。

これを書こうと思いたったのは、わたしが弟をほめにほめまくったツイートをしたら、思いのほかたくさんの人に読まれたから。

「書いてないことをポジティブに憶測してほめてくれる人」と「書いてないことをネガティブに憶測して怒ってくる人」がわりといて、自分の書いた140文字に落ちこんだ。あぶねえ、あぶねえ。

わたしは、わたしのために、呪いを解く4000字の魔法の呪文を置いておく。

あとがき

あこがれてやまない人がいる。『父の詫び状』や『思い出トランプ』を書いた作家・向田邦子さんだ。

2021年1月、東京の青山で彼女の没後40年展示があると知り、のこのこと出かけた。豪華な作品の数々に心の腹がいっぱいになりながらまわっていると、展示の最後に「風の塔」なる高さが7・5メートルもある滑車台がたたずんでいた。長いロール紙に、向田邦子作品から引用した言葉が印刷されていて、滑車でその紙がてっぺんまで引き上がり、よきところでカットされてフワリと舞いながら落ちてくる仕組みだった。

客はみんな、真剣に上空を見つめ、舞い落ちてきた紙をつかもうとしている。

しばらくそこで待っていると、一枚の紙が、はらりとわたしの前に舞い落ちた。

「ただ自分が好きかどうか、それが身のまわりにあることで、毎日がたのしいかどうか、本当はそれでいいのだなあと思えてくる。」

『女の人差し指』からの一節だった。

わたしは占いにかかるとき、かならず名だたる何人かの占い師のもとをたずね、そのなかで一番いい結果だけを信じるようにしている。つまり、ものごとをとにかく、いいようにとって生きている。

これはもう、向田邦子さんがわたしに語りかけている。宿命である。とにかく好きで愛しいものや人に囲まれて、楽しく、とにかく楽しく過ごすのだ。できれば書いて過ごすのだ。いいぞ、いいじゃないか。

るんるん気分で会場を出ると、出口にあるカフェのテーブル席に、覚えのある姿が見えた。それもふたり。

前作と今作の編集者である小学館の酒井綾子さんと、わたしのマネージャーであるコルクの武田真希さんだった。わたしとほぼ同時に向こうも気づいて、おどろいていた。

「なんでこんなとこにいるんですか」

「打ち合わせでして」武田さんがいった。

「なんの？」

「岸田さんの次回作をそろそろ……と………」

ずっこけそうになった。

こんな偶然があるだろうか。これもまた宿命である。

そういうわけで、好きで、愛しくて、楽しいことをたくさん書くことができました。書くことができるのは、読んでくれる人が、つくってくれる人が、届けてくれる人がいるからです。すなわち、みなさんのおかげです。ありがとうございました。

今日もなにかを書いています。

二〇二一年　岸田奈美

岸田奈美（きしだ・なみ）　１９９１年生まれ、兵庫県神戸市出身、関西学院大学人間福祉学部社会起業学科卒業。１００文字で済むことを２０００文字で伝える作家。世界経済フォーラム（ダボス会議）グローバルシェイパーズ。Forbesの世界を変える30歳未満の30人「30 UNDER 30 Asia 2021」に選出される。著書に、『家族だから愛したんじゃなくて、愛したのが家族だった』（小学館）、『もうあかんわ日記』（ライツ社）など。

Twitter: @namikishida

Instagram: @kishidanami

note: キナリ★マガジン
https://note.kishidanami.com/

傘のさし方がわからない
2021年10月20日　初版第1刷発行

著　者　岸田奈美
発行人　小澤洋美
発行所　株式会社小学館
〒101-8001
東京都千代田区一ツ橋2-3-1
編集　03-3230-5119
販売　03-5281-3555
印刷所　凸版印刷株式会社
製本所　牧製本印刷株式会社

ISBN978-4-09-388834-9

イラスト　岸田奈美
ノンブル文字　岸田良太
表紙写真　幡野広志 ©Hiroshi Hatano
ブックデザイン　祖父江慎+根本匠（コズフィッシュ）
ＤＴＰ　昭和ブライト
校　閲　玄冬書林
編　集　酒井綾子
協　力　コルク

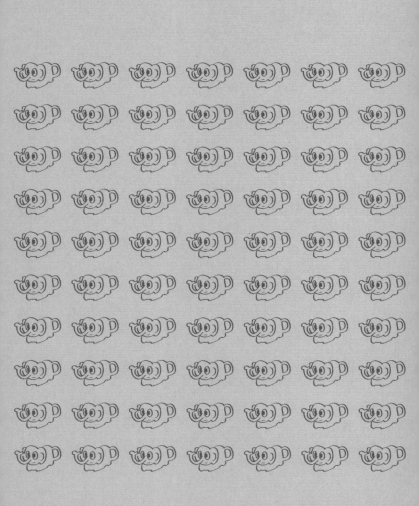